제인 에어 읽·기·의·즐·거·움

여성의 열정, 목소리를 갖다

e시대의 절대문학

제인 에어 읽·기·의·즐·거·움

여성의 열정, 목소리를 갖다

|김진옥|샬럿 브론테|

살림

*e*시대의 절대 문학을 펴내며

자고 나면 세상은 변해 있다.
조그마한 칩 하나에 방대한 도서관이 들어가고
리모콘 작동 한 번에 멋진 신세계가 열리는
신판 아라비안나이트가 개막되었다.
문자시대가 가고 디지털시대가 온 것이다.

바로 지금 한국은, 한국 교육은,
그 어느 시대보다 독서의 당위성을 강조하고 있다.
지난 시대의 교육에 대한 반성일 것이다.
그러나 문자시대가 가고 있는데,
사람들은 디지털시대의 문화에 포위되어 있는데,
막연히 독서의 당위를 강조하는 일만으로는
자칫 구호에 머물고 말 것이다.

지금 우리는 비상한 각오로, 문학이 죽고
우리들 내면의 세계가 휘발되어버린 이 디지털시대에
새로운 문학전집을 만들고자 꿈꾼다.
인류의 영혼을 고양시켰던 지혜롭고 위엄 있는
책들 속의 저 수많은 아름다운 문장들을 다시 만나고,
새로운 시대와 화해할 수 있는 방법론적 독서를 모색한다.

*e*시대의 절대 문학은
문자시대의 지혜를 지하 공동묘지에 안장시키지 않고
디지털시대에 부활시키는 분명한 증거로 남을 것이다.

발행인 심 만 수

들어가는 글

필자가 대학에서 강좌를 맡고 있는 영국소설 시간에 『제인 에어』를 강독하면, 학생들의 반응은 여느 고전 작품을 대할 때보다 더 적극적이고 다양하다. 대부분 주인공 제인을 매력적인 인물로 생각하면서도 로체스터와의 이중 결혼에는 반감을 표한다. 하지만 제인의 결혼관에는 의견들이 제각각이다. 제인의 경제적인 독립이 로체스터와의 재결합을 가능하게 했다는 의견이 있는가 하면, 경제적인 면과는 하등 관계가 없는 순수한 애정과 욕망 때문이라는 의견도 있다. 이 소설에 대한 학생들의 열띤 관심과 논의는 오늘날의 독자에게도 이 작품이 생각할 거리를 제공하고 있다는 증거일 것이다.

이처럼 『제인 에어』가 세상에 태어난 지 150년이 지난 지금도 매력적인 소설로 다가오는 이유는 무엇일까? 아마도 사랑과 열정을 다룬 작품이기 때문일 것이다. 필자도 초등학교 시절 처음 『제인 에어』를 손에 들었을 때, 여주인공 제인의 억압적인 환경에 동정의 눈물을 흘리고, 로체스터를 만나면서 제인이 겪게 되는 사랑의 심리적 갈등에 마음 아파했으며, 제인과 로체스터의 사랑 고백에 가슴 두근거렸던 기억이 있다. 훗날 『제인 에어』를 다시 읽게 되었을 때, 어린 시절의 기억과는 달리 이 소설이 단순히 낭만적인 순애보에 그치는 것이 아니라 성별과 계급의 복합적인 메시지를 담고 있음을 알게 되었다. 이 소설은 제인이 어떻게 어린 시절부터 성적 또는 계급적인 면에서 자신에게 주어지지 않았던 것들을 성취해가고, 자신을 위협하는 요소들을 제거해가는 과정들을 보여주고 있다.

이 소설은 주인공 제인의 입을 통해, 즉 1인칭 서술로 진행됨으로써 독자들로 하여금 제인의 개성과 정열과 고민을 더욱 직접적으로 받아들이게 한다. 제인은 어릴 적부터 성적·계급적인 면에서 자신에게 부당하게 가해진 억압과 소외에 분노를 느낀다. 그리고 사랑하는 로체스터에게 미친 아내가 있다는 사실을 알고 결혼이 실패로 돌아가자 혼란과 고통은 더욱 심해진다. 손필드에서 도망간 제인은 리버스 목사 집안사람들의 보호를 받게 된다. 그녀는 리버스 목사의 청혼에 갈등을 느끼는 가운데 로체스터의 텔레파시 같은 부름을 듣고 그에게로 다시 돌아가는데, 이런 과정들이 소설에 긴장감과 긴박감을 더해주고 있다.

주인공 제인은 개성이 강하고 솔직하며 도덕적 원칙과 담대함을 지닌, 당시의 엄격한 가부장제 사회에서는 사회적 파장을 불러일으킬 수 있는 인물이다. 이 소설에서 "여성도 남성과 똑같은 감정을 가지고 있고, 그들이 오빠나 남동생들과 같이 자신의 능력과 노력을 발휘할 곳을 필요로 한다. …… 여성들이란 집 안에 들어앉아서 푸딩이나 만들고 양말이나 짜고 피아노나 치고 가방에 수나 놓아야 한다는 것은 보다 많은 특권을 누리고 있는 남성들의 지각 없는 생각에 지나지 않는다."라는 제인의 말은 당시로서는 파격적인 여성 해방주의 발언으로 볼 수 있다. 이처럼 『제인 에어』는 여성주의적 혁명의 메시지를 담고 있다. 여성의 자주적 목소리와 신분을 뛰어넘는 결혼 등은 당시 사회에서는 용납될 수 없는 것이었다. 이를테면 주인 로체스터에 대한 제인의 저항적인 태도는 매우 용기 있는 행동임에 분명하다. 여성은 조용히 침묵해야 하고 순종해야 한다는 빅토리아조의 사회 분위기 속에서도 제인은 자기 생각을 과감히 표현하고 자아의 독립과 욕망을 추구하고 있다. 제인이 로체스터의 비도덕적 이상을 받아들이지 않고 리버스 목사의 이기적이고 독단적인 신념을 거부한 것도 자기애와 자아실현에 대한 욕망이 있었기 때문이다. 그녀가 로체스터에게 다시 돌아가는 것도 그에 대한 열정뿐만이 아니라, 자신에 대한 확신과 독립심이 있었기 때문이다. 이런 제인의 자아실현에 대한 열망과 도덕적 자유의 부르짖음이 있었기에 150여 년이 지난 현대 독자들에게도 매력적으로 다가오는 것이다.

물론 제인은 이런 확신과 독립심을 성취하기까지 육체와 원칙, 정열과 이성이란 자아의 양분된 감정 속에서 심한 갈등을 겪기도 한다. 그녀는 로체스터의 이중 결혼 사실이 밝혀지자, 그에 대한 열정과 그의 곁을 떠나야 한다는 이성적 사고 사이에 갈등을 느낀다. 제인은 로체스터에 대한 사랑에도 불구하고 그의 가부장적이고 독단적인 사고를 거부하는데, 이는 그들의 사랑에 주종의 가부장적 힘이 형성되고 있음을 보여준다. 빅토리아 시대의 가부장제하에서 여성의 역할과 독립에 대한 갈망이 어떠했는지를 이 소설은 잘 말해주고 있으며, 나아가 사랑과 자아 독립의 실현 사이에서 고민하는 현대 독자들에게도 많은 생각을 하게 한다.

김진옥

| 차례 |

제인 에어 읽·기·의·즐·거·움
Jane Eyre

2부 ı 리라이팅

3부 ı 관련서 및 연보

1 샬럿 브론테

Charlotte
Brontë

가내공업의 막을 내리게 한 산업혁명은 여성들의 지위를

현저히 떨어뜨리면서 많은 사회문제를 야기시켰다.

하층민 여성들은 매춘이, 생산현장에서 소외된 중간계급의 여성들은

남성에게 의존하는 결혼만이 그들의 유일한 삶의 대책이 되었다.

기껏 구할 수 있는 직업은, 가정부·마부·하녀보다 조금 나은 정도의

가정교사나 교사밖에 없었다.

『제인 에어』는 이러한 빅토리아조의 시대적 배경 속에서 태어났다.

신분의 수직적 관계와 여성이 남성보다 열등하다는

가부장적 독단주의에 맞서 저항하는 한 여성의

독립과 자유를 추구하는 과정을 그려낸 『제인 에어』는,

오늘날 페미니즘·마르크스주의·정신분석학적·탈식민주의적

관점에서 활발히 논의되는 살아있는 고전이 되었다.

1 장 — 사회적 배경과 브론테의 삶

Charlotte Brontë

브론테 시대의 사회적 배경

정치·사회·문화적 상황

샬럿 브론테(1816~1855)는 영국의 빅토리아 시대에 작품 활동을 했다. 빅토리아 여왕(1837~1901)의 이름에서 따온 빅토리아 시대(1832~1901)는 영국 역사상 최고의 전성기라고 할 수 있다. 정치적으로는 프랑스 나폴레옹과의 전쟁 승리로 유혈혁명의 불안에서 벗어나 의회 민주주의를 지속할 수 있게 되었고, 경제적으로는 산업혁명에 의해 공장 건설이 증가되어 대량 생산이 가능해졌다. 사회적으로는 농경 사회에서 산업자본주의 사회로 바뀌면서 이전보다 계층이 더 세분화되었다. 생계를 위해 일할 필요가 없는 상류 계급은 귀족 계급, 젠트리 계급, 자립 신사 계급으로 나뉘어졌다. 귀족 계급과 젠트리 계급은 산업화의 영향을 받지 않았을 뿐 아니라, 농산물의 수요 증가 및 도시의 확대, 철도의 확대 등으로 오히려 생활이 나아졌다. 중간 계급에서 출발하여 자립적으로 성공한 사람은 '신사'가 되어 의회에서 의석도 얻을 수 있게 되었다. 이들은 토지 젠트리와 경제적 이해관계가 상충할 때는 사이가 좋지 않았지만, 토지에 기초한 과두(寡頭) 체제에는 비교적 잘 순응했다.

이들보다 성공하지 못한 사람과, 빈민 노동자 계급에서 중간 계급으로 발전한 사람들은 1830년 이후 점차 스스로를 '중간 계급'으로 의식하기 시작했다. 자영농, 전문 직업인, 부호 상인, 대학 교수 등으로 이루어진 이들 중간 계급은 자신들의 몫과 권리를 주장하기에 이르렀다. 이들은 구체제나 전통에 얽매이지 않고 개인주의적 이상을 추구했으며, 가정이 그들의 이상 추구의 장이 되었다. 이들은 돈과 안락한 주택, 예술, 문학이 가져다주는 편리함과 즐거움을 누렸다. 1832년에 실시된 제1차 선거법 개정으로 중간 계급의 약 50퍼센트(주로 연간 10파운드

샬럿 브론테의 초상화. 조지 리치몬드 그림 (1850년).

납세자인 도시 중간 계급)가 선거권을 획득하게 되었다. 여기에 빈민 노동자와 여성들은 제외되었다. 이 선거법 개정 이후 어린이의 노동 시간을 제한하는 공장법(Factory Law, 1833), 빈민가의 위생 상태를 개선하기 위한 빈민법(Poor Law, 1834), 자국 내의 비정상적인 곡물가를 현실화하기 위한 곡물법 폐지(Corn Law, 1846) 등 개혁적인 법안들이 줄을 이었다. 1832년의 선거법 개정은 빅토리아 시대의 중심 세력이 귀족의 시대에서 산업화를 기반으로 부를 축적한 대중의 시대, 즉 신흥 중산계급으로 바뀌었음을 의미했다.

숙련공 또는 노동자, 실업 빈곤자, 잉여노동자 집단, 범죄자 등 하층 계급의 빈민들은 산업혁명의 여파로 생계를 꾸려 가는 데 더 큰 어려움을 느껴야 했다. 그들은 너나없이 불안정한 노동조건과 저임금이란 공통점을 안게 되었고, 전보다 더 노동력을 팔아야 했다. 1867년에 이루어진 제2차 선거법 개정으로 도시의 하층민을 포함하여 성인 남성들은 대부분 선거권을 가지게 되었다. 하지만 이들 노동계급이 정치권을 획득하게 되자 사회주의로 변모하려는 조짐이 보이기도 했다. 이는 후에 노동계급의 성장으로 영국이 심각한 경제 불황을 겪게 되는 결과를 초래하기도 했다.

토머스 하디(Thomas Hardy)의 소설에서도 나타나듯이, 빅토리아 후기(1881~1901)는 빅토리아 전기(1832~1880)의 모습과는 달리 우울함과 염세주의 사고가 지배적이었다.

계급 및 빈부 격차의 문제와 더불어 빅토리아조 사회의 가장 큰 문제는 정치, 사회, 경제 등 여러 분야에서의 여성에 대한 차별 대우였다. 이런 차별에 반대하는 여성들의 투쟁과 피나는 노력으로 마침내 1918년 30세 이상 여성은 참정권을 획득할 수 있게 되었다. 하지만 남성들처럼 21세 이상 여성에 대한 완전한 평등 참정권은 1928년에서야 가능해졌다.

산업혁명으로 여성들은 가정과 공장에서도 차별 대우를 받았다. 가내공업의 쇠퇴와 기술 전문화로 여성 노동의 가치도 떨어졌다. 새로 만들어진 노동계급의 여성 노동자들은 공장의 열악한 노동조건 속에서 최저임금으로 일해야 했다. 특히 매춘이 성행했던 빅토리아조 사회에서 계급과 성의 이중적 억압을 받는 하층민 여성은 사회문제로 떠올랐다. 그런가 하면 중간계급의 여성들은 생산 업무에서 소외되었고, 완전히 남성에게 의존한 채 결혼만이 그들에게 유일한 명예로운 대책이 되었다. 그들이 결혼하지 않고 생계를 스스로 꾸려나가기 위한 직업으로는 가정교사나 교사밖에 없었다. 그러나 그 일마저도 구하기 힘들었으며, 그들의 보수는 기껏해야 연평균 20~30파운드로서 가정부나 마부, 하녀보다 조금 나은 정도였다. 그러면서도 가정교사는 유모나 하녀의 일까지 겸해야 했으며, 고용주와 다른 피고용인 중 어느 쪽에도 속할 수 없는 애매모호한 위치 때문에 고립만이 이들의 자존심을 지킬 수 있는 유일한 방법이었다. 이들 중간계급 출신인 샬럿 브론테는 가정교사나 교사 외에는 다른 선택의 여지가 없는 독신 여성의 어려움을 너무나 잘 알고 있었다. 그럼에도 그녀는 동생들과 문학작품을 쓰면서 지적 동경과 열정으로 그들의 물질적 어려움을 극복했다. 그래서인지 그녀가 그린 여주인공들은 자신처럼 지적 발전을 꿈꾸며, 그 당시 사회적 한계를 뛰어넘어 자기주장을 과감하게 펼치고, 경제적 독립을 추구하고 있다.

빅토리아 시대의 문학 세계

산업혁명과 더불어 인구 증가, 인쇄술 발달, 신속한 도서 배급 등으로 독서 인구가 크게 급증했으며, 각종 주간지와 월간지 같은 정기 간행물에 다양한 성격의 글들이 발표되었다. 당시 소설들은 대체로 3권짜리로 출판되거나 값싼 주간지 또는 월간지에 연재되었고, 시는 삽화와 함께 연간지에 발표되는 것이 일반적인 경향이었다.

빅토리아 시대의 대표적인 정기 편집자 윌리엄 새커리 (William Makepeace Thackeray, 1811~1863), 토마스 칼라일 (Thomas Carlyle, 1795~1881), 존 밀(John Stuart Mill, 1806~1873), 매슈 아널드(Matthew Arnold, 1822~1888)는 빅토리아조의 여러

가지 논쟁적인 문제를 토론했으며, 문학작품을 발표하고 비평하는 장도 마련했다. 샬럿 브론테는 새커리의 풍자적인 글과 초기 소설들을 두고 "이 시대에 으뜸가는 사회 개혁자"의 글이라고 평했다. 그녀는 『제인 에어』의 재판본을 새커리에게 헌정할 정도로 그를 좋아했다. 칼라일은 영국의 산업사회에 대해 비판적인 글을 발표하여 당대 작가들에게 많은 영향을 끼쳤다. 밀은 저서 『여성의 종속 The Subjection of Women』(1869)에서 가부장제에 종속된 여성의 운명을 동정적으로 묘사하면서 남성 중심주의의 사회를 풍자적으로 그렸다. 또한 이 책에서 여성 투표권을 주장함으로써 후일 여성운동의 기본 틀을 마련하는 계기를 제공했다.

찰스 다윈(Charles Darwin, 1809~1882)은 『자연 선택에 의한 종의 기원에 관하여, On the Origin of Species by Means of Natural Selection』(1859)에서 생물학적 진화론을 주장하여 전통적인 역사관과 인간관을 흔들어놓았다. 세상은 신의 섭리에 의해 형성된 조화로운 곳이 아니라, 자신의 이기적인 생존경쟁을 위해 투쟁하고 약자는 도태되는 장이라는 이론을 내놓았다. 이처럼 종교에 대한 비판적인 시각과 전통적인 신앙 사이의 갈등은 빅토리아 시대 문학에도 반영되었다.

찰스 디킨즈(Charles Dickens, 1812~1870)는 노동자 문제 등 그 당시 산업사회의 근본적인 문제를 다룬 대표적 작가이다.

엘리자베스 개스켈(Elizabeth Gaskell, 1810~1865)도 저임금이나 강제 실업 등 노사 관계의 갈등과 같은 사회문제를 제기했다. 샬럿 브론테 역시 『셜리 *Shirley*』(1849)에서 노사 관계를 다루기는 했지만 그녀의 주 관심사는 여성 문제였다. 브론테가 당시 사우디 같은 남성 작가들의 편견 속에서도 여성 작가로서 꾸준히 글쓰기를 계속하고, 또 여성의 시각으로 여성 문제를 다룬 점은 그녀가 이룩한 중요한 업적이라고 할 수 있다.

빅토리아 시대의 이상적인 여성상

빅토리아 시대는 희생적이고 가정적인 여성을 이상적인 여성상으로 꼽았으며, 이런 여성을 가리켜 "집안의 천사"라는 개념으로 정의했다. 이 개념은 코번트리 팻모어(Coventry Patmore)의 장편 시「집안의 천사 *The Angel in the House*」에 등장한다. 1854년 출간되기 시작한 이 시는 빅토리아조의 여성성에 대한 당대의 보편적인 개념을 집약적으로 말하고 있다. 이 용어는 그 당시에는 인기가 높았으나, 이후 수동적이고 나약한 여성이란 부정적 의미로 정의되기 시작하여 현재는 빅토리아 시대의 경직되고 가부장적 면모를 드러내는 비판적인 개념으로 사용되고 있다. 팻모어의 시에서 가정은 최고의 안식처요, 여성은 가정을 편안한 휴식처로 만드는 존재이며, 또한 여성은 지상에 내려온 천상의 안내자로 묘사되고 있다. 제인은 그 당시 사회가 이상적인 여성의 개념으로 정의한 "집안의 천사"가 되기를 거부했다. 그녀는 자신의 독립성을 위협하는 모든 제도와 남성에게 기꺼이 저항하고 반항했다.

샬럿 브론테의 삶

브론테 6남매

샬럿 브론테(Charlotte Brontë)는 가난한 목사 패트릭 브론테(Patrick Brontë)의 6남매 중 셋째로 태어났다. 다섯 살 때 어머니를 잃은 샬럿은 언니 마리아(Maria)와 엘리자베스(Elizabeth), 남동생 브란웰(Branwell), 여동생 에밀리(Emily)와 앤(Ann)과 함께 대지의 광야를 벗 삼아 목사관에서 책을 읽으며 조용한 생활을 했다. 1824년 자매는 모두 교육 환경이 열악한 코완 브리지(Cowan Bridge)라는 일종의 자선 학교에 다녔다. 거기서 마리아와 엘리자베스는 열병에 걸려 죽었는데, 샬럿을 어머니처럼 보살펴주었던 마리아는 『제인 에어』에서 헬렌 번즈(Helen Burns)라는 인물 속에 투영된다.

1831년 샬럿은 체계적이고 공식적인 교육을 받기 위해 마가렛 울러(Margaret Wooler)가 경영하는 로헤드 학교(Roe Head School)에 입학하여 아주 우수한 학생으로 주목을 받았으며, 이 학교에서 그녀에게 크게 영향을 미친 메어

브론테의 아버지 패트릭 브론테.

리 테일러(Mary Taylor)와 엘렌 너시(Ellen Nussey)를 만날 수 있었다. 샬럿은 이 학교에서 교사로 잠깐 있다가 어려워진 가족의 생계 때문에 가정교사(governess) 자리를 찾아 나섰다. 당시로서는 독신녀인 그녀가 택할 수 있는 유일한 직업이었다. 그런데 가정교사는 그 집에 기거하면서 아이들의 교육과 예의범절을 책임져야 할 뿐 아니라 경우에 따라서는 침모 노릇까지 겸해야 했다.

학교 교사로서 혹은 가정교사로서의 무의미한 삶에 회의를 느낀 샬럿은 학교를 세울 목적으로 1842년에 외국어를 배우기 위해 동생 에밀리 브론테와 함께 브뤼셀 학교로 갔다. 그곳에서 선생으로 일하는 동시에 다양한 문화적 경험을 쌓았다. 교장인 콘스탄틴 에제를 흠모하지만 그 사랑은 이루어지지 않았다. 1844년 샬럿은 공허한 마음으로 집에 돌아와

그렇게 염원하던 학교를 세우지만 학생들이 모이지 않아 성공은 거두지 못했다.

1836년 20살이 된 샬럿은 계관시인 로버트 사우디(Robert Southey)에게 자신이 그동안 쓴 시를 보내 평을 청해보지만, 그로부터 "문학이란 여성의 일이 될 수도 없고, 그렇게 되어서도 안 된다"라는 조언을 들어야 했다. 사우디는 여성이란 "집안의 천사"로서 집안일에 전념해야 한다는 빅토리아 사회의 신념을 그녀에게 강조했다. 이런 사우디의 충고에도 불구하고 샬럿은 그로부터 10여 년 후 동생 에밀리와 앤과 함께 「커러, 엘리스, 액튼 벨의 시 *Poems by Currer, Ellis, and Acton Bell*」 (각각 샬럿, 에밀리, 앤의 필명)(1846)를 출간했다. 이 시는 평은 좋았으나 두 권밖에 팔리지 않아 그들의 기대에 미치지는 못했다. 이듬해인 1847년 샬럿은 첫 소설인 『교수 *The Professor*』를 몇몇 출판사에 보냈으나 거절당했다(이 소설은 1857년에야 햇빛을 보게 된다).

이런 실패에도 불구하고 샬럿은 1847년 10월 커러 벨(Currer Bell)이란 필명으로 『제인 에어 *Jane Eyre*』를 출간했으며, 이 소설은 그 당시 좋은 서평과 함께 불타나게 팔려나갔다. 당대의 비평가 새커리는 "위대한 천재의 작품"이라며 칭찬을 아끼지 않았다. 이 작품의 성공은 작가로서의 명성뿐 아니라 그 당시 가정교사 연봉의 25배에 달하는 500파운드라는 거금을 브론테의 손에 쥐어주었다. 하지만 작가로서의 성공 뒤에는 성별에 따른 제약을 의식해야만 했다. 브론테는 당시 여성에 대한 사회적 편견을 두려워한 나머지 처음부터 남성인지 여성인지 알 수 없는 필명을 사용했던 것이다. 그렇게 함으로써 작가 자신의 감정이나 의사를 더욱 솔직하게 표현할 수 있었을 것이다.

1848년 남동생 브란웰이 알코올과 약물 중독으로 죽고, 이어 에밀리와 앤이 잇달아 세상을 떠나자 샬럿은 절망 상태에 이르렀다. 홀로 남은 샬럿은 역시 익명으로 1849년에 『셜리 *Shirley*』를, 이후 자신의 브뤼셀 경험을 바탕으로 한 『빌레트*Villette*』(1853)를 발표했다. 1854년 하워스의 부목사 니콜스(Arthur Bell Nicholls)와 결혼한 뒤, 임신한 상태에서 결핵 등 몇 가지 병이 겹쳐 1855년 39세의 이른 나이로 세상을 떠났다.

아이들만의 가상 세계

브론테 가문의 여섯 아이들이 문학적인 상상의 세계로 빠져들 수 있었던 자극제는 장난감 나무 병정이었다. 1826년 아버지 패트릭이 브란웰에게 사 준 열두 개의 장난감 병정을 아이들은 제각각 마음에 드는 것으로 골라 가졌다. 병정들은 탈리(샬럿), 브란니(브란웰), 에미(에밀리), 앤니(앤)라는 각각

브론테 남매의 초상화. 브란웰 그림(왼쪽부터 앤, 샬럿, 브란웰, 에밀리).

의 가상 세계를 다스렸는데, 이 세계에서 그들은 전지전능한 힘을 가지고 죽은 자도 살릴 수 있었다. 아이들의 최초 놀이는 이 장난감 병정을 중심으로 가상의 이야기들을 만들고, 종이에 사건과 인물을 자세히 기록하는 것이었다. 샬럿은 23세가 되는 1839년까지 브란웰과 함께 가상의 세계인 앵그리아 왕국에 관한 글을 썼다. 내용은 장난감 병정들이 먼 아프리카에 상상의 세계인 앵그리아 왕국을 건설하면서 겪는 모험과 사랑에 관한 이야기로, 주로 웰링톤 공작의 아들 잠모나가 나폴레옹 후계자인 노탕랜드와의 싸움에서 패배하여 잠시 유럽에 망명 생활을 하지만 결국 나폴레옹의 계획을 물리치고 앵그리아 땅을 통치한다는 식민지 침략에 관한 것이었다.

또한 에밀리와 앤은 북태평양에 솟아오른 '곤달'이란 가공의 섬에 사는 사람들의 삶에 대한 이야기를 글로 썼다. 이 곤달 섬에는 열정적인 사람들을 통치하는 사납고 의지력이 강한 여왕이 사는데, 곤달의 이런 멜로드라마적 분위기는 에밀리의 삶을 대변하고 있다. 에밀리가 쓴 시의 주제는 대부분 곤달 왕국 이야기에서 나온 것이다. 브론테 남매가 어려서부터 펼친 상상의 세계에서의 경험들은 훗날 그들의 작품에도 영향을 주었다.

필명으로 출판한 샬럿 · 에밀리 · 앤의 시집

1846년 세 자매는 시집 『커러, 엘리스, 액튼 벨의 시 *Poems by Currer, Ellis, and Acton Bell*』을 출판했다. 1845년 샬럿은 에밀리가 쓴 시를 우연히 읽어보고 그 시의 강렬한 음악성과 에너지에 감동되어, 나름대로 시를 써왔던 앤을 부추겨 샬럿의 자비로 시집을 출판했다. 세 자매가 쓴 시 가운데 가장 뛰어난 것으로 평가받는 에밀리의 시에는 억압된 세계를 벗어나 영원한 자유세계를 향한 욕망이 담겨 있다. 이 시집은 성공을 거두지는 못했으나 다행하게도 시집 출판이 진행되는 동안 샬럿은 『교수』를, 에밀리는 『워더링 하이츠 *Wuthering Heights*』를, 앤은 『애그니스 그레이 *Agnes Grey*』를 쓰고

앵그리아 왕인 잠모나 공작. 샬럿 그림(1834년).

있었다. 1847년 7월 샬럿은 『교수』의 출판이 거절당하자, 1846년부터 쓰고 있었던 『제인 에어』를 '커러 벨'이라는 이름으로 1847년 10월에 출판했다. 그해 12월에 출판된 앤의 『애그니스 그레이』는 가정교사 이외에 다른 선택의 여지가 없었던 중산층 여성의 비극적 운명을 묘사하고 있다. 그리고 같은 달에 출판된 에밀리의 『워더링 하이츠』는 그 당시 인습과 전통을 뛰어넘는 남녀 간의 애절한 사랑을 그리고 있다.

엘렌 너시와 메어리 테일러와의 깊은 우정

샬럿의 친한 친구로는 로헤드 학교에서 만난 엘렌 너시(Ellen Nussey)와 메어리 테일러(Mary Taylor)를 들 수 있다. 1831년부터 시작된 엘렌과의 우정은 샬럿이 죽을 때까지 지속되었다.

브론테 자매가 다녔던 로헤드 기숙학교. 앤 브론테 그림.

(왼쪽)로헤드 학교 시절에 만나 평생을 같이한 샬럿의 친구 엘렌 너시. 샬럿 그림.
(오른쪽)샬럿에게 작가의 길을 독려해 준 로체드 학교 친구인 메어리 테일러.

엘런은 샬럿이 그녀에게 보낸 편지를 모두 간직하고 있다는 점에서 그들의 각별한 애정을 잘 보여준다. 샬럿은 엘렌을 "예쁘진 않지만 조용하며, 낭만적이진 않지만 정직한 소녀로 매우 보수적이고 종교적"이라며 "딱 맞는" 친구라고 표현했다. 그들의 특별한 애정은 샬럿이 보낸 편지에서 더욱 구체화된다. 1836년 21살의 나이에 샬럿은 엘렌에게 다음과 같은 내용의 편지를 보내기도 했다.

> "엘렌, 너와 살 수 있으면 좋겠어. 난 전보다 널 더 의존하기 시작했어. 우리가 우리만의 오두막집과 자산만 있다면 우리는 행복을 위해 어떤 사람에게도 기댈 필요도 없이 죽을 때까지 같이 살고 사랑할 수 있을 거야."

이 편지에서 보여주듯이 브론테와 엘렌 사이엔 단순한 우정 이상의 약간은 로맨틱한 감정이 내포되었다고 볼 수 있다.

엘렌의 존재는 외로움과 고독에 시달리는 브론테에게 큰 위로와 사랑이 되어주었다.

엘렌과는 달리 메어리 테일러는 진보적이고 과격한 타입이다. 샬럿은 메어리로부터 삶에서의 자유로움과 해방감의 중요성을 배웠다. 엘렌이 브론테에게 자기 절제의 힘과 잔잔한 사랑을 제공했다면, 메어리는 독립심과 도전적이고 개혁적인 정신을 불어넣어 주었다. 메어리는 브론테에게 벨기에에 가서 여성 작가로서 새로운 경험을 해보도록 권유하는 등 그녀에게 더 넓은 세상을 보도록 훈계하고 조언했다. 브론테는 "메어리 테일러는 불길에 기름을 부어주었다. 그녀는 나를 자극했고 그녀의 힘이 넘치는 언어는 나의 기운을 북돋워주었다."고 말했다. 엘렌의 따뜻하고 부드러운 사랑과 메어리의 훈계가 담긴 충고는 감수성이 예민한 15세의 브론테에게 잊었던 모성적 사랑과 자아 독립심, 그리고 문학적 상상력을 고취시키기에 충분했다.

은사 에제를 향한 사랑

샬럿 자매가 공부했던 브뤼셀 학교의 교장 콘스탄틴 에제(Constantin Heger)는 샬럿보다 일곱 살 위로, 샬럿을 특별한 학생으로 그 능력을 인정했다. 또한 그는 뛰어난 교육 방법으로 수줍어하는 에밀리를 논쟁에 활발히 참여하게 했으며, 샬럿이 문화적 인식을 넓히도록 도와주는 등 브론테 자매에게 많은 도움을 주었다. 이후 이 학교에서 샬럿은 영어를, 에밀리는 음악을 가르쳤다. 이곳에서 샬럿은 잊지 못할 경험을 하게 되는데, 그것은 에제를 향한 사랑이었다. 동시에 그 부인의 냉

샬럿이 사모했던 브뤼셀 학교의 교장 에제.

대와 질투와 경멸까지도 맛보아야 했다. 에제의 무반응과 부인의 감시로 제인은 향수병에 시달렸고, 고독과 비참한 생활을 견디어야만 했다. 친구 엘렌에게 보낸 편지에서 샬럿은 그와 나 사이에 "거리를 두고 조심해야 할 이유를 알게 되었어. 그것이 나를 웃게도 하고 울게도 해"라고 토로했다. 에제 선생에 대한 브론테의 불타는 감정은 그녀의 시와 소설에도 등장하는데, 특히 『빌레뜨 *Villette*』에서 폴 선생에 대한 루시 스노우의 연민의 감정에서 잘 표현되고 있다.

집으로 돌아온 샬럿은 이후 2년 동안 계속 그에게 편지를 보내지만 에제에게서는 한 통의 답장도 받지 못했다. 그녀가 보낸 편지는 대부분 없어졌으나, 1844년에 쓴 한 편지에 "슬픔은 나의 가슴에 가득하고…… 당신의 긴 침묵에 대해서는 한마디 불평도 할 생각은 없어요"라는 말을 남기고 있다. 이

편지에서 보듯이 에제의 냉담한 반응은 그녀의 가슴을 쓰라리게 했으며, 이러한 깊은 고통은 브론테의 삶 전체를 어둡게 만들었다고 볼 수 있다.

2 장 ── 『제인 에어』 다가가기

Charlotte Brontë

제인 에어, 그 삶의 여정

이 소설은 가부장적인 사고에 저항하는 한 여성의 독립과 자유를 추구하는 삶을 그 내용으로 하고 있다. 제인 에어 (Jane Eyre)는 한 살도 되기 전에 어머니를 여의고 외숙모 집에서 성장하면서 온갖 학대와 구박을 받는다. 제인은 자신을 경멸하고 구박하는 외숙모 리드 여사(Mrs. Reed)와 사촌 존 (John Reed)으로부터 자유와 독립을 부르짖는다. 그녀는 하인처럼 대우받기를 거부하며 인간적인 대접을 원한다. 제인은 자신을 때리는 사촌 존에게 하녀도 노예도 아니라고 대들며 싸운다. 이 싸움으로 제인은 붉은 방에 감금된다. 붉은 방은 이 소설에서 제인의 자유를 억압하는 하나의 상징물로 등장한다. 리드 부인은 약제사 로이드 씨의 제안으로 그녀를 로우드 학교(Lowood School)로 보낸다.

브로클허스트 목사가 운영하는 이 학교는 고아 소녀들을 위한 자선 학교이다. 브로클허스트는 가난한 고아 소녀들에게는 자기 부정과 절제를 내세우지만, 그의 아내와 딸들에게는 사치스런 생활을 하게 하는 등 성적·계

『제인 에어』 초판본의 표지.

급적인 면에서 이중적 사고를 가진 가부장적 인물이다. 어린 제인은 브로클허스트의 그런 이중적 사고와 원칙을 비판하며, 동시에 자신과 친구 헬렌(Helen Burns)에게 부당하게 대우하는 스캐처드(Miss Scatcherd) 선생에 대해서도 분개하며 저항한다. 외롭고 고통스런 생활 속에서도 제인은 헬렌과 템플 선생님(Miss Temple)에게서 그토록 그리워하던 따뜻한 사랑을 느끼게 된다. 그들은 제인에게 이상적인 여성으로 부각되는 반면에 너무 착해서 제인에게 양면적인 생각을 품게 한다. 제인은 육체를 부인하는 헬렌의 극단적인 신앙을 인정하지는 않지만 그녀로부터 자비와 용서의 마음을 배우며, 템플 선생님으로부터는 온화한 성격을 배운다. 제인은 열심히 노력한 끝에 우수한 성적으로 졸업하고 그 학교 교사가 된다.

하지만 템플 선생님이 결혼으로 학교를 떠나자, 로우드 생활이 무의미하게 느껴져 가정교사 자리를 찾아 나선다.

　제인은 손필드(Thornfield)에서 아델(Adèle)의 가정교사로 지내다가 로체스터(Edward Rochester)와 사랑에 빠진다. 로체스터는 제인과 약혼한 후 그녀에게 좋은 옷과 보석을 제공하며 계급적 우월감을 드러내려 하지만, 제인은 그의 가부장적 물질 공세를 서부한다. 그녀는 그저 평범한 가정교사로 대접받기를 원한다. 결혼식이 다가오면서 제인은 점점 불안해한다. 어린아이가 울부짖는 악몽에 시달리고, 요괴 같은 여자가 자신의 웨딩 베일을 찢는 것을 목격하는데, 이는 제인에게 다가올 불운을 시사하고 있다. 제인은 로체스터가 오래 전에 버사 메이슨(Bertha Mason)과 결혼한 사실을 알게 되고 나서 그에 대한 사랑과 그의 곁을 떠나야 한다는 이성(理性) 사이에서 큰 갈등을 겪는다. 로체스터는 제인에게 서인도제도에서 버사와의 고통스런 결혼생활을 이야기하며 그와 결혼해줄 것을 간청한다. 그는 제인의 정열적인 욕구에 호소하지만, 결국 제인은 "쓸쓸하고 고독하고 아무도 의지할 사람이 없으면 없을수록 나는 나 자신을 존경한다"라는 말을 뒤로 하고 로체스터의 곁을 떠난다. 떠나기 전날 밤 꿈속에 나타난 "유혹에서 벗어나라!"는 어머니의 메시지에 더욱 확신을 갖게 된 제인은 쓸쓸하고 어두운 고독의 길을 택한다.

황량한 벌판에서 끼니마저 구걸하는 신세가 된 제인은 마쉬엔드 저택의 리버스가 자매 다이애나(Diana Rivers)와 메어리(Mary Rivers)의 모성적인 보살핌과 사랑으로 위기를 모면한다. 그들의 오빠 세인트 존 리버스 목사(St. John Rivers)는 제인에게 그의 교구인 모턴(Morton)의 가난한 소녀들을 가르치는 교사 자리를 알선해주고, 제인에게 그녀의 삼촌 존 에어가 2만 파운드의 유산을 상속한 사실도 전해준다. 이에 제인은 존 리버스가의 사람들이 모두 자신의 사촌임을 알고 기뻐하며 상속받은 유산을 4등분하여 그들과 나누어 갖기로 한다.

이 무렵 세인트 존은 선교사가 되어 인도로 떠날 계획을 세우는데, 제인에게 그의 아내가 되어 동행해줄 것을 간청한다. "하나님과 자연은 당신을 선교사의 아내로 정했으며, 당신은 사랑이 아니라 일을 위해서 만들어졌소"라는 그의 청혼은 제인의 독립심을 위협한다. 제인은 그와 결혼하는 것이 자아의 일부를 잃어버리는 것임을 알면서도 그의 강압적인 결혼 요청을 거의 수락하기 직전에까지 이른다. 이 위기에서 제인을 구해낸 것은 다름 아닌 "제인, 제인, 제인!" 하며 그녀를 부르는 로체스터의 목소리이다. 제인은 자신의 유일한 사랑인 로체스터를 찾기 위해 그 즉시 무어 하우스를 떠난다. 버사는 스스로 방화한 불에 죽고 버사를 구하려던 로체스터는 한쪽 손과 두 눈을 잃은 채 펀딘 영지에 살고 있다는 소식을 듣게 된 제인은 곧장 그곳으로 달려간다. 제인은 로체스터와 결혼하여 불구가 된 그에게 안내자이자 인도자가 된다. 그로부터 10년 뒤 제인은 자신의 삶에 대해 작품을 쓰기 시작한다. 로체스터의 한쪽 눈은 회복되고, 아들도 낳고 화평한 가정을 꾸려나가는 것으로 이 소설은 끝이 난다.

주인공 및 등장인물

제인 에어

이 소설의 주인공이자 화자로 등장한다. 지적이고 정직하며 수수하게 생긴 어린 고아 소녀 제인은 성장하면서 자신의 독립심을 위협하는 사람들과 만나게 되는데, 이런 위협적인 상황에서도 자기 권리를 주장하고 정의와 인간의 존엄성 내지 도덕성의 원칙을 주장한다.

에드워드 로체스터

손필드의 주인이자 제인의 고용주이다. 부유하고 열정적인 남성으로 제인의 연인이 된다. 미친 아내가 있다는 사실이 폭로되면서 제인과의 결혼식은 중단된다. 하지만 결국 제인과 결합하여 행복을 찾는다.

세인트 존 리버스 목사

손필드를 나온 제인에게 음식과 거처를 마련해주는 등 도움을 주는데, 후에 제인과는 사촌 사이임이 밝혀진다. 그는 제인과 결혼해서 인도로 선교를 가려고 계획하지만 그녀는 그의 청혼을 완강히 거부한다.

리드 여사

제인의 외숙모로, 제인이 열 살 때 로우드 학교에 보내지기 전까지 그녀를 돌본다. 하지만 제인을 몹시 구박하고 학대한다. 후에 제인은 외숙모와 화해를 시도하지만, 외숙모는 여전히 그녀를 미워한다.

존 리드

리드 여사의 아들이자 제인의 사촌이다. 그는 제인을 때리면서 잔인하게 대한다. 그와 싸운 결과로 제인은 붉은 방에 갇힌다. 그는 후에 술과 도박에 빠져 자살한다.

조지애나 리드, 일라이자 리드

제인의 사촌이자 리드 여사의 딸들이다.

베시, 애벗

게이츠헤드의 하녀들. 베시는 제인에게 친절하게 대해주고 재미있는 이야기를 들려주는 등 처음으로 제인을 위로해준다.

로이드

약제사로, 제인이 경험한 붉은 방에서의 끔찍한 이야기를 듣고 그녀를 학교에 보내라고 권한 친절한 인물이다.

헬렌 번즈

로우드 학교에서 제인과 정신적·지적으로 친밀감을 나눈 친구이다. 그녀는 제인으로서는 이해할 수 없는 기독교적이고 수동적인 겸손한 삶을 산다. 제인은 헬렌으로부터 인내와 자비의 미덕을 배운다.

템플 선생님

제인과 헬렌에게 자비와 사랑을 보여준 로우드 학교의 교장이다. 헬렌과 그녀는 제인에게 긍정적인 여성의 본보기가 된다.

브로클허스트

잔인하고 위선적인 로우드 학교의 감독관이자 목사로, 아내와 딸들은 호사스럽게 살게 하면서 학생들에게는 굶어죽지 않을 정도의 식사만을 제공하는 위선자이다.

미스 밀러

로우드 학교 저학년 담당 교사로, 제인이 로우드 학교에
도착한 첫날 밤 반갑게 맞아준다.

미스 스캐처드

로우드 학교의 역사 및 문법 교사로, 헬렌에게 끊임없이
잔인한 벌을 준다.

엘리스 페어팩스 부인

손필드의 가정부로, 제인을 따뜻하게 대해준다. 그녀는 나이
와 신분의 차이를 이유로 제인과 로체스터의 결혼을 반대한다.

블랑슈 잉그램

로체스터의 돈 때문에 그와 결혼하려는 오만하고 속물적
인 여성이다. 로체스터가 그녀를 사랑하는 척하는 행동도 단
순히 제인의 관심을 끌기 위해서이다.

아델 바랑스

손필드에서 제인이 가르치는 학생으로, 어머니 셀린 바랑

스에게서 버림을 받고 로체스터가 손필드 저택에 데려와 키운다.

버사 메이슨

로체스터의 부인으로, 광기가 있지만 아름답고 부유한 크레올인이다. 그녀는 손필드 저택의 3층 다락방에 갇혀 그레이스 풀의 감시를 받고 있다. 버사는 결국 손필드에 불을 지르고 그 화염 속에 스스로 몸을 던진다.

그레이스 풀

손필드의 하녀로, 버사 메이슨를 감시한다. 제인이 손필드에 처음 도착했을 때 페어팩스 부인은 버사의 잘못된 행동들을 그레이스에게 전가시킨다.

소피

손필드에 있는 아델의 프랑스인 유모이다.

리차드 메이슨

버사의 오빠로, 손필드에서 버사의 칼에 찔린다. 그는 제인이 로체스터와 결혼한다는 소식을 듣고 로체스터의 중혼 계획을 저지한다.

헤너

리버스가의 나이 많은 가정부로, 처음에는 제인을 무어 하우스에서 쫓아낸다. 제인은 그녀의 편견을 꾸짖지만 나중에는 사이가 좋아진다.

다이애나 리버스, 메어리 리버스

세인트 존의 여동생이자 제인의 사촌으로, 친절하고 지적인 여성들이다. 다른 사람들과 긴밀한 관계를 유지할 수 있는 독립적인 여성으로 제인에게 좋은 본보기가 된다.

존 에어

제인의 삼촌으로, 마데이라에서 포도주상을 해서 큰돈을 번다. 그는 제인을 입양하기로 계획하지만 죽을 때까지 그녀를 한 번도 만나지 못한다. 하지만 그녀에게 2만 파운드의 유산을 물려준다.

브리그스

존 에어의 변호사로, 제인이 로체스터의 중혼 대상이 되는 것을 막아준다.

주요 사건과 갈등

어린 제인과 외숙모의 갈등

　고아가 된 제인은 외삼촌의 유언에 따라 리드 외숙모 집에서 자라게 되는데, 그 집 식구에게 구박과 따돌림을 받는다. 그녀는 돈도 가족도 집도 희망도 없는, 이방인과 같은 존재지만 이런 조건에도 불구하고 자신을 "붉은 방"에 가두는 외숙모에게 반항하며 저항한다. 어린 제인의 저항과 반항은 후에 그녀에게 부가되는 성적·계급적 차별에 대한 그녀의 반응을 암시해준다. 어린 제인의 모습을 통해 독자들은 모든 부당한 것에 대한 자신의 느낌을 스스럼없이 말하는 화자의 특징을 볼 수 있다.

브로클허스트의 위선적 행위

로우드 학교의 감독관인 브로클허스트 목사는 자신의 이기심과 허영심을 종교적 명목으로 위장하는 위선자이다. 그는 제인을 "악마의 아이" 또는 "거짓말쟁이"라고 부르면서 게이츠헤드에서처럼 그녀를 열등한 존재로 대한다. 리드가의 억압적인 구조보다도 더 사회적인 형태를 지니고 있는 로우드 학교에서 계급과 성 차별로 제인은 심하게 익압을 받는다. 그가 제인을 처음 만났을 때 "지옥에 가지 않으려면 어떻게 해야 되지?"라는 그의 질문에 제인은 "건강하게 살면서 죽지 말아야 한다."고 대답한다. 제인의 이 말은 도덕성과 사랑이 결핍된 어떤 형태의 종교적이고 가부장적 권위를 그녀가 비판하게 될 것임을 시사하고 있다. 제인은, 브로클허스트 목사를 학생들에게는 절제를 강요하지만 가족에겐 사치스러움을 허락하는 이중적인 인물로 묘사하는 것으로 그의 위선적인 태도를 비판한다.

헬렌과 템플 선생님과의 만남

제인은 게이츠헤드에서의 "반항적인 노예"와는 달리 로우드에서는 그녀의 복수심이 다소 완화된다. 헬렌은 제인이 부당하다고 생각한 스캐처드 선생님의 행동에 대해 "원수를 사랑하라. 너희를 핍박하는 자를 위해 기도하라"는 예수님의 말씀으로 본을 보여야 한다고 제인에게 가르친다. 이런 헬렌의 극기주의 신조를 제인은 완전히 이해할 수는 없지만, 결국 헬렌의 영적인 강건함과 겸손함을 받아들이게 되고, 이 경험을 바탕으로 후에 리드 여사를 용서하는 등 넓은 이해심을 갖게 된다. 템플 선생님도 굶주린 제인에게 간식을 주며, 메마른 제인의 육체와 영혼을 이해하고 보듬어준다. 그녀는 브로클허스트 씨의 가부장적 사고에 저항하거나 그의 거짓된 철학에 반대하지 못하면서도 주어진 틀 안에서 학생들의 고통을 이해하고 줄여주는 데 최선을 다한다.

제인과 로체스터의 갈등

로체스터에 대한 관심과 애정에도 불구하고 제인은 그의 물질적이고 가부장적인 태도를 경멸하고 거부한다. 결혼을 앞두고 로체스터가 "나는 당신 목에 직접 다이아몬드를 걸어주겠소. 그 이마를 보석으로 장식하고, 팔목엔 팔찌를, 손가락엔 반지를 끼워주겠소"라고 하면서 그녀의 환심을 사려고 한다. 이에 제인은 "저를 마치 미인이라도 되는 듯이 말씀하지 마세요. 저는 평범한 가정교사일 뿐이에요"라며 그와의 사회적 계급 차이를 인식시키는 한편, 고용주로서의 그의 우월감을 지적한다. 제인은 로체스터의 중혼 사실을 알게 되자, 그를 받아들이고 싶은 욕망과 그의 곁을 떠나야 한다는 이성 사이에서 큰 갈등을 느낀다.

제인과 세인트 존의 갈등

로체스터가 제인에게 요구하는 것이 육체라면, 세인트 존은 차가운 영혼을 원한다. 세인트 존은 하나님께 봉사하기 위해 자신의 인간적인 감정이나 정열을 포기한 인물이다. 그는 제인과 결혼한 후 선교사가 되어 인도에 함께 갈 것을 요구한다. 세인트 존은 제인에게 사랑보다는 극단적인 자기희생과 자기 포기를 강요한다. 그녀는 이런 차가운 이성적인 요청은 자신을 죽이는 것이나 다름없다며 그의 청혼을 거절한다. 제인은 그의 아내가 아닌 동료로는 함께 갈 수 있다고 대답하는데, 이 말은 그녀가 그의 일부가 되는 것을 거부한다는 의미이다. 제인은 그의 냉정함을 얼어붙은 바다에 비유하면서 열정과 사랑이 없는 결혼은 절대 할 수 없다고 부르짖는다.

제인과 로체스터의 화합

제인은 영혼과 원칙이 화합될 수 있는, 즉 로체스터와의 결혼으로 성취할 수 있는 그런 삶을 선택한다. 불구가 된 로체스터는 이제 제인에게 의존하고, 제인은 로체스터에게 사랑의 봉사를 제공한다. 제인은 불구의 로체스터를 "쇠사슬에 묶인 학대받는 야수"에 비유하는데, 이 말은 그녀가 과거에 자신을 가리킬 때 사용했던 말이다. 이제 그들의 위치는 역전되었다. 그는 한쪽 팔을 잃고 눈도 멀게 되는 반면에 제인은 자유로운 몸이 된다. 그녀는 "전 이제 부자가 되었어요. 그리고 독립했어요. 제가 바로 제 자신의 주인이에요"라며 자신의 독립성을 강조한다. 제인은 남편의 오른팔이 되면서도 남편으로부터는 독립성을 유지하는, 말하자면 제인과 로체스터는 "완벽한 일치"를 이루게 된다.

작품의 주제

사랑과 자아 독립

고아가 된 제인은 가족처럼 자신이 소속될 수 있고 자신의 가치를 존중해주는 사랑을 원한다. 게이츠헤드에서 외숙모와 사촌들에게 구박을 받으면서도 제인이 가장 원했던 것은 사랑과 관심이다. 제인의 유일한 보호자인 외숙모 리드 여사는 자기 말에 반항한다는 구실로 제인을 "붉은 방"에 가두어 고립시킨다. 그러자 제인은 외숙모와의 관계 단절을 선언하며 자신의 도전에 승리감과 환희를 느낀다. 물론 이런 승리감은 일시적인 것이지만 제인에게 자아 독립의 힘을 심어준다. 로우드 학교에서 브로클허스트 씨로부터 받는 부당한 벌에 수치심을 느끼지만, 헬렌과 템플 선생님과의 관계에서 자아의 정체성과 사랑의 힘을 발견한다.

가정교사인 제인은 손필드 저택의 주인인 로체스터에게 끌린다. 로체스터의 관심과 사랑으로 제인은 성적 본능과 사랑의 환희를 알게 되고, 그와의 대화를 통해 새로운 수준의 의식에 도달하게 된다. 그러나 두 사람의 사랑에 주인과 가정교사라는 종적 관계가 형성되면서 제인은 위협을 느낀다. 고용주임을 앞세우는 그의 요구에 제인은 화를 낸다. 결혼식 날이 다가옴에 따라 제인은 점점 원래 제인의 모습과 제인 로체스터와의 사이에 괴리감을 느끼고 두려워한다. 그의 아내 버사 메이슨의 존재가 드러난 후 제인은 로체스터에 대한 사랑과 자신의 독립 사이에 더욱 갈등하게 된다. 하지만 제인은 "나는 나 자신을 돌볼 수 있다"며 로체스터를 향한 열정에도 불구하고 그의 부도덕한 행위를 거절하고 독립된 자아를 지키기 위해 로체스터의 곁을 떠난다.

이후 세인트 존이 자신의 이기적인 선교를 위해 제인에게 청혼하지만, 제인은 자신의 독립성을 위협하는 그의 강압적인 요구를 거부한다. 삼촌의 유산을 물려받은 제인은 로체스터에게 이제 물질적으로도 정신적으로도 그녀 스스로가 자신의 "주인"임을 주장한다. 제인은 로체스터에 대한 열정과 욕망에만 사로잡히지 않고 자기 자신이 사회나 가족 내에서 경제적인 독립 주체가 되었을 때 비로소 그와의 결혼을 승낙한다.

이처럼 제인은 존 리드, 리드 부인, 브로클허스트, 로체스터, 세인트 존과의 관계에서 그녀가 받은 부당한 대우에 분노하고 저항함으로써 여성의 희생과 순종만을 강요하는 사회에 살면서도 나름대로 새로운 자아 독립을 성취해나간다. 이 소설은 제인과 로체스터 간의 동등한 결혼을 이끌어냄으로써 여성의 자아 독립의 가능성을 보여주고 있다.

성 차별과 억압

제인은 성 차별을 극복하고 동등한 관계를 성취하려고 노력한다. 즉, 그녀는 신분의 수직적 계급뿐만 아니라 여성이 남성보다 열등하다는 가부장적 독단주의에 맞서 싸운다. 제인은 최초의 유일한 보금자리인 리드 집에서부터 소외되고 차별 대우를 받는다. 사촌 존 리드는 제인에게 "너 같은 계집애가 우리처럼 좋은 집안 아이들과 함께 사는 것은 말도 안돼. 이 집은 모두 내 거야"라며 제인이 자기보다 하층 집안 출신임을 강조한다. 이에 제인은 그를 "살인자, 노예 감독자, 로마의 폭군 황제"라고 반박하는데, 이런 제인과 존의 싸움에는 계급 차이뿐 아니라 성 차별 문제도 개입된다. 존은 제인의 책을 포함하여 게이츠 헤드 전체가 자신의 소유임을 밝힌다. 사촌 조지애나(Georgiana)나 일라이자(Eliza)보다 가부장적인 그는 더 특별한 위치를 차지하고 있다. 이 싸움은 주인인 남자 아이와 고아인 여자 아이의 싸움으로, 제인이 이후 겪게 되는 갈등의 근원적인 형태를 보여준다. 붉은 방에서의 제인의 억압은 성적·계급적인 면에서의 억압이 된다. 제인은 가난 외에도 여자라는 이유로 "로마의 폭군 황제"의 억압에 고통을 받는다.

브로클허스트 씨와 로체스터, 세인트 존, 이 세 사람은 하나같이 제인에게 복종만을 강요한다. 하지만 자신의 독립성을 유지하고 존엄성을 지키기 위해 제인은 브로클허스트를 회피하고 세인트 존의 청혼도 거절한다. 제인은 로체스터와의 사랑이 동등한 관계의 결혼으로 이어질 때까지 성 차별의 불합리성을 계속 지적하고 비판한다. 제인은 로체스터가 자신을 그에게 소속된 "하인"으로, 또 감정이 없는 "자동인형"으로 본다며 그의 가부장적 사고를 거부한다. 제인은 남성과 여성의 관계는 주인과 노예의 관계라는 로체스터의 가부장적·식민주의적 사고를 받아들이지 않는다. 존 리드를 비롯하여 남성들의 가부장적 사고에 대한 제인의 저항은 남녀는 서로 동등해야 한다는 그녀의 여성주의적 관점에서 비롯된 것이다.

전통적 가치관을 거부한 제인의 신앙

제인은 사랑과 감정이 없는 전통적인 기독교 가치관은 거부하지만, 자신의 내적 요구에 따른 기독교적 가치관에는 의

지한다. 그녀는 도덕적 의무와 자신의 내면적 욕망과 욕구 사이에서 균형을 찾으려고 한다. 제인은 브로클허스트, 세인트 존, 헬렌 번즈라는 세 명의 종교적인 인물을 만나는데, 그들의 종교적 신념을 전적으로 혹은 부분적으로 부인한다. 브로클허스트 목사는 19세기의 이중적이고 위선적인 종교 인물을 대표한다. 그는 여학생들이 "사치와 방종"에 물들지 않게 굶주릴 만큼의 음식만 먹어야 한다고 주장하면서도 자신의 부인과 딸은 벨벳에다 비단과 모피 등 사치스런 옷을 입게 하는 등 이중적인 잣대를 갖고 있다. 세인트 존 역시 제인이 거부하는 기독교적 행위의 또 다른 모델이 된다. 야망과 영광과 자존심으로 똘똘 뭉친 그는 감정적인 사랑은 중요하게 생각지 않고 오로지 도덕적인 선교 임무에만 관심을 둔다. 그는 제인에게 자신의 아내이자 선교의 동반자가 되어줄 것을 강요하는데, 이런 이기적인 요구를 제인은 완강히 거절한다.

하지만 제인은 헬렌의 기독교적 신앙은 부분적으로 받아들이고 있다. 외숙모에 대해 불평하는 제인에게 그녀를 하나님의 사랑으로 무조건 용서하라고 헬렌은 말한다. 제인은 헬렌의 가치관을 모두 받아들이진 않지만 그녀에게서 기독교적 사랑과 자비의 힘을 배운다. 제인이 외숙모를 용서할 수 있었던 것도, 로체스터에게 다시 돌아간 것도 헬렌에게서 배운 용서와 자비의 힘 때문이다.

제인은 브로클허스트와 세인트 존처럼 대의명분만 앞세우는 신앙도 아니고 헬렌처럼 희생적인 사랑도 아닌, 자신의 내면에 충실하면서 남을 배려하는 신앙을 갖고 있다. 제인은 로체스터가 기혼자임을 알고 실망에 빠져 있을 때도 그의 비도덕적인 행동을 배척하게 해달라고, 그리고 그가 그런 삶을 살지 않게 해달라고 하나님께 기도한다. 이런 식으로 제인의 신앙은 자신의 내면적 욕구에 충실하면서 남을 사랑하는 중용적인 미덕을 지니고 있다.

여성들 간의 특별한 우정

여성들 사이의 우정은 여성이 소외된 19세기 영국의 가부장제 사회에서는 여성들에게 큰 위로가 되었다. 동성 간의 우애는 제인의 자신감이 위기에 처할 때마다 버팀목이 되어준다. 게이츠헤드에서 보모 베시는 제인에게 처음에는 냉담하게 대하지만 제인이 붉은 방에서 실신한 뒤부터는 제인을 동정하며 이해한다. 베시는 제인이 처음 경험하는 모성적 사랑을 보여주는데, 이는 제인에게 가부장적이고 적대적인 세계에서 자아를 지키게 하는 힘이 된다. 베시보다 더 영향력 있는 인물은 로우드 학교의 헬렌 번즈와 템플 선생님이다. 그들은 제인에게는 이상적인 모델이다. 제인은 헬렌 번즈에게서 자비와 용서와 인내의 미덕을 배우고, 템플 선생님을 자신의

"어머니이자 가정교사이며 친구"라고 생각하면서 의지한다.

제인이 로체스터의 곁을 떠나기 전, 꿈에 나타난 "하얀 사람의 모습"은 제인의 "선한 어머니"이다. 이 "선한 어머니"는 제인에게 "딸아, 유혹에서 벗어나라!"며 로체스터에게서 도망가라고 권유한다. 또한 제인이 손필드를 떠나 황량한 들판을 헤맬 때도 어머니, 즉 자연만이 그녀에게 위안처가 된다. 제인은 우연히 다이애나(달의 여신을 의미한다)와 메어리(성모 마리아를 의미한다) 리버스와 특별한 유대감을 경험한다. 특히 그들은 제인처럼 생계를 위해 가정교사 일을 경험했기 때문에 제인의 괴로움과 고통을 잘 이해한다. 제인은 로체스터와 세인트 존과의 관계에서와는 달리 다이애나와 메어리와는 서로 동등하다는 교감을 갖는다. 리버스가와 사촌 관계임이 밝혀지자 천애 고아였던 제인은 가족의 유대감을 처음으로 경험한다. 이처럼 동성 간의 우애는 제인에게 어려움을 극복하고 사회에서 자신감을 갖게 하는 동력이 되어준다.

로맨스와 사실주의 소설의 융합

이 소설은 브론테 나름대로의 독자적인 문학 세계인 로맨스와 사실주의적인 요소를 적절히 융합시키고 있다. 로맨스에서처럼 여주인공 제인은 그녀의 자유와 행복을 위협하는 리드 외숙모, 브로클허스트, 버사 메이슨, 로체스터, 세인트 존 등 악의 인물들을 물리치고 행복한 결혼을 한다. 또한 이 소설은 초자연적인 요소 및 이상스런 비밀과 미스터리 등 고딕소설의 면모를 갖추고 있다. 이를테면 로체스터의 숨겨진 아내, 점쟁이로 위장한 로체스터, 붉은 방에 등장하는 삼촌 리드의 유령, 유령으로 묘사되는 버사, 멀리서 들려오는 제인을 부르는 로체스터의 음성 등 초자연적 요소들이 이 소설에 등장한다. 그뿐 아니라 제인이 우연히 들르게 되는 마쉬엔드의 리버스가와 혈연관게임이 밝혀지고 유산을 받게 되는 등 우연의 일치가 이어진다. 이런 점에서 이 소설은 로맨스적 요소가 많다고 볼 수 있다.

이런 로맨스적 요소에도 불구하고 이 소설은 빅토리아조 여성의 현실적인 삶을 사실적으로 다루고 그것을 그 당시의 사실주의라는 사회의식으로까지 끌어올림으로써 소설의 사실성을 증가시키고 있다. 제인은 지적이고 교양을 갖춘 가정교사임에도 불구하고 아델을 돌보고 집안일도 하면서 낮은 보수로 일하는 입장에 있다. 또한 제인은 버사의 존재를 알고 난 뒤 로체스터의 곁을 떠나 돈 한 푼 없이 광야에서 고통스럽게 살아야 하는 현실적인 삶에 직면한다. 이와 같이 브론테의 사회의식은 여성의 역할과 지위를 문제시하는 페미니스트적인 관점과 연관이 있다. 다시 말해서 그녀의 작품은 사회 속에서 여성의 역할과 여성의 자아 성장을 강조하고 있다.

상징적 소재

불과 얼음의 대조

불과 얼음은 이 소설에서 전반적으로 나타나는 주된 모티프이다. 불은 정열을, 얼음은 냉정을 의미하면서 이 둘은 서로 대조적으로 나타난다. 즉, 불이 제인의 정열과 분노와 영혼을 나타낸다면, 얼음은 제인의 생명력을 앗아가는 억압적인 힘을 상징하고 있다. 리드가에서 제인이 몸을 피하던 붉은 커튼과 제인을 감금한 붉은 방은 제인의 저항적인 분노를 상징한다.

이 소설에서 불은 제인의 총명함과 온아함을 비유하기도 하고, 로체스터의 정열적인 사랑과 욕구를 상징하기도 한다. 외숙모에게 반항한 뒤 자신의 승리감을 "불붙은 히스 언덕"

에 비유하는데, 이런 말은 제인의 총명함을 드러내고 있다. 로체스터의 "불같이 번쩍이는" 눈은 그의 정열적인 욕구를 의미하고 있다.

이 소설에서 불은 소멸과 파괴를 의미하지만, 한편으로는 긍정적인 힘을 내포하고 있다. 버사가 로체스터의 집에 저지르는 방화는 위협적이지만 제인의 주체성과 독립성을 형성하는 데 긍정적인 요소로 작용하기도 한다. 즉, 제인에게 앞으로 다가올 현실적인 문제(로체스터에게 아내가 있다는 사실)를 직시하도록 도와주는 동시에 그의 가부장적 틀에서 벗어날 준비를 하라고 제인에게 경고하는 불이기도 하다. 또한 버사의 방화는 로체스터를 불구로 만듦으로써 그의 권위적 남성성을 파멸시킨다. 로체스터는 더 이상 지배적인 남성이 아닌, 고통을 통하여 의존적이고 무기력한 삶 즉 여성의 삶을 살게 되는 데 반해, 제인은 예전의 로체스터와 같은 주체적이며 자율적인 삶을 산다. 이런 상호 보완적인 삶을 통해 두 사람은 주종의 관계에서 평등한 관계로 나아가는데, 버사의 불이 이런 결과를 가져오게 했다고 볼 수 있다. 이처럼 버사의 불은 로체스터의 가부장적 사고의 소멸을 의미하는 동시에 제인의 주체성 확립의 상징적 요소로 작용한다.

이 소설에서 얼음은 감정적 공허함과 외로움, 혹은 죽음을 상징한다. 로체스터와의 결혼식이 중단된 후 제인은 자신의 마음을 "한여름에 크리스마스의 서리가 내렸고 12월의 폭풍이 7월에 휘몰아쳤다"라고 표현하고, 세인트 존의 냉담과 차가움을 "얼어붙은 바다도 깨뜨릴 수 있는 힘"에 비유하고 있다. 불은 제인의 분노·저항·총명함을 재현하고 있다면, 얼음은 세인트 존의 냉정함과 이기적 욕구를 상징하고 있다.

붉은 방

붉은 방은 제인이 자유와 행복과 소속감을 찾기 위해 그녀가 넘어야 할 장애물의 상징이 된다. 외숙모에 의해 감금되었던 붉은 방은 어린 제인에게는 자신의 독립과 자유의지를 위협하는 장소이다. 소설에서 자주 나타나는 붉은 방에 대한 이미지는 어린 시절뿐 아니라 그 이후에도 그녀가 사회적으로 억압받고 소외되고 있음을 상징한다. 제인은 힘든 상황에 처할 때마다 어릴 적 붉은 방에서의 고통과 억압을 떠올린다. 예를 들어 제인은 손필드를 떠나기 전날 어렸을 때 어두컴컴하고 무서운 게이츠헤드의 붉은 방에 갇혔던 꿈을 꾸는데, 이때의 붉은 방은 로체스터의 곁을 떠나야 하는 제인의 공포와 불안감을 상징한다.

그리고 버사가 갇혀 있던 손필드의 다락방은 제인이 갇혔던 붉은 방과 연관 지을 수 있다. 제인이 처음 손필드 다락방에서 버사의 웃음소리를 들으면서 "여성은 대체로 평온하다고 생각한다. 하지만 여성도 남성과 똑같은 감정을 갖고 있다"는 내적 갈등을 고백하는데, 이 말은 아마도 어릴 적 붉은 방에서의 고통에 대한 제인의 기억이 억압되었다가 표출되면서 나온 것이라고 볼 수 있다. 다락방에서 흘러나오는 이상한 웃음소리를 들으면서 제인은 아마 어릴 적 붉은 방에서 겪었던 자신의 고통을 떠올렸을 것이다. 화자는 직접 두 상황을 연결시키지는 않지만, 독자들은 제인의 붉은 방을 버사의 다락방과 연관지을 수 있다. 제인의 붉은 방과 버사의 다락방은 모두 가부장제 사회에서 여성들이 자아 독립을 위해 넘어야 할 상징물로 묘사되고 있다.

불운을 예시하는 꿈

고딕소설에서처럼 이 소설에서 꿈은 미래의 불운을 예시하고 있다. 제인은 손필드에서 일주일 동안 계속 갓난아기 꿈을 꾸는데, 이는 곧 그녀에게 다가올 나쁜 일을 시사하고 있다. 제인은 "꿈에 어린애를 보는 것은 자신이나 친척 중 누군가에게 재앙이 생길 징조"라는 베시의 말을 믿는다. 왜냐하면 베시가 어린아이 꿈을 꾼 날 어린 누이동생의 사망 소식을 들었기 때문이다. 베시의 예언처럼 제인은 갓난아이 꿈을 꾼 다음 날 사촌 존 리드의 죽음과 리드 외숙모의 병환 소식을 듣게 된다.

또한 제인은 결혼식 직전에도 어린애 꿈을 계속해서 두 번 꾼다. 첫 번째는 제인이 "깜깜한 밤에 어린애를 안고 멀리 사라져가는 로체스터를 따라가는 꿈"을 꾸고, 두 번째는 어린애가 제인의 목을 꽉 끌어안는 꿈을 꾼다. 제인은 두 번째 꿈에서 깨어나면서 웨딩 베일이 찢기는 광경을 목격하고, 이어서 그녀의 결혼식이 중단되는 현실에 직면하게 된다. 이처럼 꿈은 곧 현실로 나타난다. 제인의 꿈은 제인과 로체스터 사이의 불운을 경고해준다. 비평가 마가렛 호만스(Margaret Homans)의 주장에 의하면, 제인의 어린아이 꿈은 앞으로 로체스터 부인이 된다는 공포뿐만 아니라, 붉은 방에서 겪었던 어린 시절의 공포감을 나타낸다. 호만스의 이 주장처럼 제인의 어린아이 꿈은 제인의 어린 시절에 대한 공포뿐만 아니라, 결혼으로 인한 주체성의 상실에 대한 제인의 두려움이 담겨 있다. 제인이 로체스터와의 이별을 앞두고 손필드를 떠나기 전날 밤 꿈에 어릴 적 "붉은 방"에 갇힌 자신의 모습을 보게 되는데, 이 또한 제인의 어린 시절의 공포와 현재의 불안을 반영하는 것으로 볼 수 있다.

작품의 배경 및 서술 기법

작품의 배경

　내용으로 보면 이 소설은 크게 두 부분으로 나눌 수 있다. 하나는 어린 시절 게이츠헤드와 로우드 학교에서의 생활이고, 다른 하나는 성인 시절의 가정교사 생활과 로체스터와의 결혼에 대한 부분이다. 그리고 장소에 따라 이 소설은 다섯 부분으로 나뉠 수 있는데, 각각의 장소에서 제인은 새로운 것을 배우게 된다. 또한 장소의 이름이 갖는 의미는 제인의 삶이 부딪히는 국면들에 대응하고 있다. 게이츠헤드(Gateshead Hall)는 제인의 삶의 문들(gates)이 열리는 장소이다. 로우드(Lowood) 학교는 어두운 위협의 장소로, 그곳의 교육 환경은 낮은 감옥(low wood)과 같다. 손필드(Thornfield Hall)는 제인과 로체스터의 애정이 가시밭(thornfield)으로 바뀌는 고난의 장소이며, 마쉬 엔드(Marsh End) 혹은 무어 하우스(Moor House)는 제인의 행군(march)이 끝(end)나는 장소로, 자아 발견을 위한 그녀의 여행이 종착지에 가까워졌음을 의미한다. 마지막의 펀딘 영지(Ferndean Manor)는 제인과 로체스터가 결혼하여 행복을 찾는 고요한 안식처(secluded haven)가 된다.

제인의 1인칭 서술

1인칭 서술 기법으로 쓰인 이 소설은 주인공 제인의 격렬한 감정을 직선적이고 박력 있게 토로하고 있다. 따라서 독자들도 1인칭 화자의 생각과 감정을 충분히 공유할 수 있다. 그런 반면에 제인의 감정과 생각에 대한 다른 사람의 반응은 파악할 수 없다는 한계도 있다. 이 소설의 제목 『제인에어: 자서전』에서 짐작할 수 있듯이, 모든 사건은 제인의 관점에서 서술된다. 때로는 그녀의 어린 시절 경험했던 사건을 서술하기도 하고, 사건에 대한 과거의 회상에 초점을 맞추기도 한다. 이 소설의 1인칭 서술은 도입 부분부터 감정적인 격렬함과 위협으로 가득 차 있다. 화자는 처음 자신이 리드가의 사람들로부터 구박받고 있다고 토로하며, 이에 독자들은 불쌍한 고아 제인의 모습에 동정 어린 공감을 갖게 된다. 화자가 제인이 리드가의 희생자라는 설명을 하지 않아도 독자는 리드 여사와 제인과의 대화에서 제인이 희생자임을 알게 된다.

제인은 전체 이야기를 자신의 세계에서 일어난 것에만 초점을 맞추어 서술한다. 어린 시절의 일들도 모두 다 서술하지 않고 화자가 원하는 것만 선택해서 서술한다. 독자는 소설의 뒷부분에 가서야 화자의 서술에 어린아이의 견해와 어른의 생각이 혼재되어 있음을 알게 된다. 이 작품은 제인이 결혼하고 나서 10년 후, 과거에 일어났던 사건들을 회고하면서 쓴 것으로 되어 있다. 그러므로 서술은 열 살의 제인에게는 불가능한, 즉 경험 많은 부모의 설교 중 한 부분 같기도 하다.

제인 자신이 이야기를 모두 통제하고 있기 때문에 독자는 그녀의 서술을 어느 정도 신뢰해야 할지 의심스러울 때도 있다. 독자들은 제인에게 동정도 하지만 동시에 그녀의 결점도 알고 있다. 제인은 마쉬엔드에서 그 집 가정부인 헤너의 신분에 대한 편견에 화를 낸다. 하지만 모턴 학교에서는 학생들을 무시하며 자신의 지위가 하락되었다고 생각하는 모순된 모습을 보인다. 또한 어릴 때의 제인과 리드 여사를 용서하는 성숙한 제

샬럿이 쓴 『제인 에어』 원고 첫 페이지.

인은 너무나 다른 모습으로 나타난다. 독자는 그녀가 나이에 따라 변할 수도 있다고 여기면서도 제인의 말을 어느 정도 믿을 수 있는지 의문을 갖게 된다.

브론테에게 영향을 준 작가들

샬럿 브론테는 앤 래드클리프(Ann Radcliffe, 1764~1823)의 『수도승 The Monk』(1796)을 비롯한 고딕소설의 영향을 받았다. 고딕소설에 나오는 순수한 여주인공은 사탄과 같은 악한에게 쫓기면서 주로 이국적인 곳으로 여행하거나 성 또는 폐허에서 고통스럽게 지내지만 행복한 결말을 맞는다. 고딕소설에서처럼 브론테의 소설에서 로체스터는 여주인공을 추격하며 그녀를 유혹하는 사탄적 요소를 담고 있다. 『제인 에어』에서 고딕의 성은 손필드 홀이며, 이 성은 유령 인물인 버사 메이슨에 의해 괴롭힘을 당하게 된다.

스콧(Sir Walter Scott)은 브론테가 좋아하는 소설가 중 한 사람이다. 스콧의 로맨스는 브론테의 앵그리안 이야기의 모델이 되었다. 이를테면 손필드의 버사가 지붕에 나타나 화염에 싸여 소리 지르는 모습은 스콧의 『아이반호 Ivanhoe』(1819)에 등장하는, 보복을 위해 화염 속에 나타난 노파의 모습을 떠올릴 수 있다. 브론테의 문학 세계에 영향을 미친 또 다른 작가로는 바이런(George Gordon Byron)을 들 수 있다. 바이런의 사상은 브론테의 어린 시절 이야기와 성인 시절의 소설에 모두 나타난다. 사랑과 죄의식으로 가득 찬 바이런적 사랑은 브론테 자매의 시에서도 많이 엿보인다. 이 소설에서 바이런적 남성 주인공은 로체스터이며, 이런 낭만적 사랑의 강렬함이 제인에게도 나타난다. 바이런적 사랑은 남성에겐 가슴에 상처를 남기는 것으로 끝나지만, 여성에겐 사회적으로 비난의 대상이 되게 한다. 제인의 열렬한 사랑이 빅토리아조 독자들에게 비난의 대상이 된 것도 바로 이런 이유에서이다.

18세기와 19세기의 교량 지대에 있었던 여성 작가인 패니 버니(Fanny Burney), 머라이어 에지워스(Maria Edgeworth), 제인 오스틴(Jane Austen)은 여주인공의 성장과 자기 인식 및 여성의 삶의 문제들을 다루기 시작했는데, 브론테 역시 그들의 영향을 받았다. 하지만 브론테는 특히 오스틴에 대해 "점 잖은 영국인"을 다루는 전통적인 가정소설의 범주에서 벗어나지 못한다고 비난했다. 그 당시 많은 여성 작가와는 달리 브론테는 가부장적 역사 속에서 억압되거나 간과되어왔던 여성의 욕망과 열정을 다루었다는 점에서 그녀만의 독창적인 면을 엿볼 수 있다.

3 장 ── 『제인 에어』 읽기의 다양한 방법

비평가들이 본 『제인 에어』

당대의 비평

1847년 10월 『제인 에어』가 출판되자 그 당시 신문과 잡지, 저널에 서평이 실리고, 일반 독자뿐 아니라 전문 비평가들에게도 성공적인 소설로 평가되었다. 새커리는 이 작품을 "위대한 천재의 작품"이라 평했고, 다른 평자들도 이 소설의 비전통적인 면을 비롯하여 작가의 "대담하고, 새롭고, 다른" 목소리에 놀라움을 금치 못했다. 그런가 하면 이 소설에 대한 비판적인 목소리도 만만치 않았다. 1848년 엘리자베스 리그비(Elizabeth Rigby)는 『쿼터리 리뷰 *The Quarterly Review*』라는 잡지에 "제인 에어는 반기독교적인 인간의 권리를 주장하고, 모든 인간적이며 신적인 코드를 어기고 있다"는 비난

의 글을 실었다. 류스(G. H. Lewes)도 이 작품의 사랑 이야기
는 아름답지만 미친 아내의 이야기나 손필드를 떠난 뒤의 제
인의 방황은 아주 "멜로드라마적"이라고 지적했다. 또 다른
비평가들은 이 소설은 조잡하고 당시의 행동 규범에서 벗어
나 있다고 꼬집었다. 예를 들어 제인과 로체스터가 공개적으
로 강렬한 열정을 이야기하고, 로체스터가 모든 사람 앞에서
미혼의 젊은 여성에게 자신의 이중 결혼을 고백하며, 제인이
종교적 신앙심에 대해 혐오감을 표시하고 또 자신보다 신분
이 높은 사람들에게 경멸감을 표현한 것 등을 비난했다.

빅토리아 시대에 활동한 여성 작가의 성별은 일단 의심의
대상이 되었다. 왜냐하면 브론테를 위시하여 브론테 전후의
많은 여성 작가(특히 미혼 여성)는 실명으로 출판하지 않았기
때문이다. 브론테 역시 1846년 세 자매의 시집을 커러, 엘리
스, 엑튼 벨이라는 이름으로 발표했는데, 후일 그 이유를 이
렇게 설명하고 있다.

우리는 각각 커러, 엘리스, 엑튼 벨이란 이름 아래 우리의 실제
이름을 숨기기로 했다. 그것은 남성 이름으로 보일 수도 있고,
양심적으로 망설여지긴 하지만 세례명으로도 생각할 수 있는
애매모호한 이름이다. 우리는 자신을 여성으로 알리고 싶지 않
았다. 우리의 글과 생각의 형태는 여성스러운 것이라고 볼 수

없고, 또 어렴풋하나마 여성 작가에 대해 편견이 있다는 인상을
받고 있었기 때문이다.

—벨의 「자서전 노트」에서

그 당시 여성들은 공적인 장소에 나타나지 않고 주로 집
안에서만 지내야 했다. 문학 시장에서 여성 작가의 수는 증가
했지만 여전히 환영받지 못하는 존재였다. 점잖은 사회에서
"정숙한 여인(proper lady)"은 이름을 세상에 알려서도 안 되
고, 사회에 책을 출판해서도 안 되는 것이었다. 브론테가 익
명으로 출판한 또 다른 이유는 그들의 글에 대한 제대로 된
평가를 원했기 때문이다. 즉, 여성 작가라는 편견 때문에 자
신들의 작품이 잘못 평가받을까 두려워서였다. 이런 그녀의
두려움은 한 평자가 이 소설이 "남성이 쓴 것이라면 칭찬을
받고, 혹 여성 작가에 의한 것이라면 불쾌한 작품이 될 수 있
다"라고 말했던 점만으로도 미루어 이해될 수 있다. 브론테
가 자신의 성별을 밝히기 전에 평자들은 그녀의 성별을 매우
궁금해했다. 심지어 엘리자베스 리그비를 포함한 당시의 많
은 평자는 이 소설의 저자는 남성이라고 믿기까지 했다.

1855년 브론테가 죽고 그 2년 뒤에 엘리자베스 개스켈은
『샬럿 브론테의 생애 *The Life of Charlotte Brontë*』(1857)에서
소설가로서의 샬럿 브론테의 명성과 특히 세 자매의 불운한

삶, 그리고 황량한 요크셔에서의 고독과 외로움을 부각시켰다. 이 전기에 샬럿이 유부남인 에제를 사랑했다는 사실은 전혀 언급되지 않고 있다. 개스켈은 샬럿 브론테가 "존경할 만한 여성"으로 남아 있기를 원했던 것이다.

초기 현대 비평

버지니아 울프(Virginia Woolf)는 『자기만의 방 *A Room of One's Own*』(1929)에서 브론테는 제인 오스틴과는 달리 자신을 여성이라는 점에 가두어놓고 지나치게 감정에 치우쳐 여성의 문제점을 예술적으로 끌어올리지 못한 작가라고 비난했다. 1934년 세실(Lord David Cecil)은 샬럿을 조이스(James Joyce)나 프루스트(Proust)처럼 인간의 주관적인 내면세계를 다룬 첫 소설가로 평가했다. 울프는 샬럿이 주인공의 주관적인 묘사에 치우쳤다고 비난한 데 반해, 세실은 이 점을 긍정적으로 보았다. 틸롯슨(Kathleen Tillotson)도 화자들의 주관적인 묘사를 칭찬하면서 브론테가 디킨즈보다 훨씬 낫다고 평가했다. 그러나 세실은 『제인 에어』의 플롯이 일어날 수 없는 일들로 가득 차 있고, "포효하는 멜로드라마"라고 주장하고 있다. 또한 세실은 블랑슈 잉그램의 "터무니없는" 대화를 지적하고 나아가 남성에 대한 묘사를 비판하면서도 비현실적인 장면을 살아 있는 것처럼 표현하는 샬럿의 창의적 상상력은 칭찬하고 있다. 이처럼 20세기 초의 비평가들은 브론 테의 개인사적 경험과 주인공의 내면 묘사에 초점을 맞춤으로써 그녀의 작품이 지닌 사회적·여성주의적 의미는 제대로 논의하지 않았다. 그러나 브론테 소설을 제대로 이해하기 위해서는 주인공들의 자아실현과 성적 욕망에 대한 갈구를 살펴보는 등 좀 더 안목을 넓힐 필요성이 요구된다.

페미니스트 비평

1970년대에 와서 페미니스트 연구와 더불어 이 작품은 더욱 활발히 논의되었다. 아드리안 리치(Adrienne Rich)는 이 소설을 여성의 억압에 반대하는 페미니즘 소설로 보면서 1973년에 쓴 「제인 에어: 어머니 없는 여자의 유혹 *Jane Eyre: Temptations of a Motherless Woman*」라는 에세이에서 제인이 로체스터의 낭만적인 사랑에 굴하지 않고 다른 여성과의 관계를 통해 자아를 성취해가는 점에 주목했다. 1977년 일레인 쇼월트(Elaine Showalter)는 빅토리아조의 가부장 사회에서 억압된 여성의 섹슈얼리티에 초점을 맞추고 있다. 쇼월트는 이 소설이 여성의 섹슈얼리티와 월경은 여성의 광기와 관련이 있다고 보는 빅토리아조 관념을 드러낸다고 주장하고 있다. 이 소설에서 달이 "피처럼 붉을 때" 버사의 광기가 더욱 심하다고 묘사되는데, 남성보다 여성에게 더 많은 이러한 광기는 억압된 욕망의 표출이라는 당대의 사고를 보여주는 것이라고 쇼월트는 설명하고 있다.

1979년 샌드라 길버트(Sandra Gilbert)와 수잔 구바(Susan Gubar)는 『다락방의 미친 여자 *The Madwoman in the Attic*』에서 버사를 그들의 페미니즘 이론의 핵심 인물로 만들고 있다. 길버트와 구바는 작품의 창작 자체가 남성의 것으로 인식되는 가부장제 문화에서 여성 작가는 "작가로서의 공포"와 고통을 겪으며, 그들의 선조 여성 작가들의 부재로 소외감과 열등감도 느낀다. 따라서 여성 작가들은 겉으로는 온순한 여성과 함께 광기 있는 여성을 창조하여 자신의 저항적 분노를 미친 여자에게 투사함으로써 그들 자신의 분열 증세를 해결할 수 있다는 것이 길버트와 구바의 이론이다.

길버트와 구바에게 버사와 같은 미친 여자는 여성 작가들의 가부장 문화 아래서 억압당한 데 대한 분노와 공포감의 표상이다. 즉, 버사는 여성 작가의 분신으로서 작가 자신의 분노와 불안의 이미지이다. 그들은 버사를 제인에게 위협적인 인물이 아니라 제인의 또 다른 자아로 간주한다. 다시 말해서 버사는 제인의 내면의 분노와 저항의 감정을 표현하고 있다는 것이다. 제인은 로체스터가 사 준 화려한 웨딩 베일을 싫어하고 몰래 없애려 한다. 후에 버사가 그 웨딩 베일을 찢음으로써 제인이 원하면서도 가부장적 사회에서 실천하지 못했던 것을 버사가 대신 행동으로 옮겨준다. 제인은 결혼을 준비하면서 로체스터의 권위 의식에 분개하며 그와 동등해지거나 아니면 이기길 원한다. 버사는 "남자 못지않은 힘으로" 제인을 대신해서 그와 싸워준다. 그래서 버사는 "제인의 진실하고 어두운 분신"이 된다.

버사는 어린 시절 제인의 게이츠헤드에서의 분노와 이후의 억압되어왔던 감정을 표현해주고 있다. 제인은 로체스터가 집시로 변장한 사실에 분개하고, 이어 버사의 "아! 하!"라는 독특한 악마의 웃음소리를 듣고 리차드 메이슨에 대한 버사의 공격을 목격하는 등 이런 식으로 이 소설은 제인의 분노와 버사의 공격을 연결시키고 있다. 제인은 다가올 결혼과 웨딩 베일을 쓴 자신의 모습에 대해 불안해 하는데, 이것은 "가운인지 수의인지 알 수 없는 흰옷을 입고 있는" 버사의 이미지에 의해 더욱 구체화된다. 로체스터의 가부장제와 그것의 상징인 손필드를 파괴하려는 제인의 욕망은, 실제로 그 집에 불을 지르는 버사에 의해 실천에 옮겨진다. 버사는 자신뿐만 아니라 제인의 억압된 욕망을 대신 실천한 것이다. 손필드를 떠나기 전 제인은 "너는 네 손으로 네 오른쪽 눈을 뽑아야 한다. 네 손으로 네 오른손을 잘라야 해"라고 자신에게 말하는데, 이 또한 버사의 개입으로 행동으로 옮겨진다. 버사가 지른 불이 제인 대신 로체스터의 두 눈과 한 손을 잃게 한 것이다.

이처럼 버사는 제인을 위해 제인과 유사하게 행동한다. 버사의 다락방은 어릴 적부터 제인을 괴롭혀왔던 붉은 방을 연상시키고, 버사의 "요괴" 같은 모습은 로체스터가 제인을 놀리면서 지칭하던 "요정" 또는 "꼬마 도깨비"의 모습과 비슷하다. 이 소설의 극적인 장면인 버사가 저지른 방화 소란은 제인이 게이츠헤드의 외숙모 집에서 반항하면서 피웠던 소란과 닮았다. 즉, 버사가 지른 한밤중의 불은 제인이 자신의 반란과 승리감에 빗대어 표현한 "불붙은 히스 언덕"과 유사하다고 볼 수 있다. 어린 제인이 붉은 방에서 거울 속에 비친 도깨비 같은 자신의 이상한 모습을 보았듯이, 어른이 된 제인은 그녀의 또 다른 자아—웨딩 베일을 쓰고 거울을 보는 버사—를 보게 된다. 길버트와 구바는 버사를 제인의 억압과 분노를 표현해주는 또 다른 자아라고 보면서, 버사의 광기를 19세기 여성 작가의 불안이나 분노의 표상이라고 해석했다. 길버트와 구바는 가부장제에서 여성의 억압이 어떠했으며, 그것이 어떻게 표현되었는가를 보여준 점에서 새로운 페미니스트적 관점을 제공해주고 있다.

1985년 이후 『제인 에어』에 대한 페미니스트적 관점은 다른 비평인 관점과 접목이 되고 있는데, 신역사주의 페미니스트인 메어리 푸비(Mary Poovey)와 낸시 암스트롱(Nancy Armstrong)은 성별과 계급의 이데올로기 구도 속에서 제인이 어떻게 주체적 욕망을 성취해나가는가에 대해 분석하고 있다. 푸비에 의하면, 가정교사인 제인은 중산층에 속하지만 성적으로 노출된 노동자 계층에 속하며, 자신의 욕망을 규제하지 않는다면 쉽게 유혹에 넘어가는 위치에 있다. 하지만 이런 불안정한 중산 계층의 이데올로기 속에서도 제인은 강한 자아의 욕망을 이룩해간다는 것이다. 푸비는 제인의 독립적인 행위와 욕망을 추구하는 섬을 부각시킴으로써, 브론테가 성별과 계급의 이분법적 이데올로기 구조 속에서 여성의 주체적 표현을 어떻게 가능하게 했는지를 보여주고 있다.

낸시 암스트롱은 소설의 역사를 통해서 중산층 여성들의 감독과 규율이 어떻게 강화되었는가를 설명하고 있다. 『제인 에어』에서 중산층인 제인의 욕망이 젠트리 계급인 로체스터의 귀족적 사고방식을 결국 버리게 만드는데, 제인이 그에게 다시 돌아간 것은 그녀의 욕망 때문이며, 이런 욕망이 그들의 관계를 주종이 아니라 동등한 입장으로 끌고 가는 힘이 되었다고 본다. 이처럼 중산층인 제인의 욕망은 계급 간의 갈등을 다스리는 간접적인 힘이 되고 있다. 암스트롱은 가정소설에도 여성의 욕망, 특히 사회규범에서 용납될 수 없는 여성의 욕망(제인과 기혼자인 로체스터와의 욕망)을 담고 있는 점을 강조하면서, 소설에서 여성의 욕망에 대한 과감한 묘사는 여성의 힘이 커졌다는 것을 증명한다고 본다.

길버트와 구바는 여성 작가의 부재 시대에 활동하던 여성 작가들이 느끼는 공포와 불안을 여성의 광기와 분노에 연결시켰지만, 신역사주의 비평가들은 길버트와 구바가 소설의 역사성을 무시한다고 비판하면서, 성별과 계급의 정치적 이데올로기를 여성주의적 관점에서 재해석할 필요가 있다고 강조한다. 이런 모든 페미니스트 비평은 여성의 주체성과 자아 독립을 추구한다고 주장한 점에서는 공통적이다. 하지만 이들은 각기 다른 관점을 갖고 있으며, 이런 다양한 관점들은 이 소설의 의미를 보다 풍부하게 만들고 있음에 틀림없다.

맑시스트 비평

칼 맑스(Karl Marx)의 사상에 근거한 이론적 접근을 바탕으로 문학작품이 그 시대의 사회 제도 및 경제적 상황을 어떻게 반영하는지 살펴볼 수 있다. 1970년대 테리 이글턴(Terry Eagleton)은 역사적 상황에 따른 계급과 관련하여 『제인 에어』를 분석했다. 그는 제인이 자신을 지배하는 세력으로부터 독립하려 하면서도 한편으로 제인 자신이 타자(他者)를 지배하기를 원한다고 주장하고 있다. 그녀는 사람들과의 관계에서 평등을 말하지만 재산과 계급을 중요한 요소로 여긴다. 이를테면 제인은 자신이 돈을 가지고 있을 때만 로체스터와의 진정한 평등이 이루어질 수 있다고 생각한다. 그래서 이글턴은, 제인이 전면적으로 로체스터를 거부하지 않고 현명한 타협점을 찾아 그에게 복종하기도 하지만 그를 자신의 주장에 길들인다고 보고 있다. 제인이 아니라 브론테가 로체스터를 불구로 만들고 교화했으며, 그들 간의 조화로운 사랑을 이끌어냈다고 이글턴은 주장하고 있다.

이글턴의 주장처럼, 이 소설은 인간관계가 재산과 계급의 경쟁에 있음을 보여주고 있을 뿐만 아니라, 나아가 당시의 엄격하고 계층적인 신분 체계를 비판하기도 한다. 특히 그 당시 사회구조 내에서 가정교사의 애매모호한 신분에 주목하게 한다. 빅토리아 시대의 가정교사는 학문이나 교양으로 보면 상류 계층의 문화를 소유하고 있지만, 임금을 받는 고용인으로서 하인 대접을 받았다. 그래서 손필드에 거주할 때 제인은 무력한 존재로 생활한다. 이런 이중적인 대우에 대한 제인의 불만은 로체스터에게 그녀는 지적으로는 동반자가 될 수 있지만 사회적으로는 동등할 수 없다고 그녀가 말하는 데서 분명하게 나타난다. 버사 메이슨의 존재를 알기 전에도 제인은 로체스터와의 결혼을 주저하는데, 그들 간의 계급 차이가 그 이유였다.

이 소설은 지적 우월성과 교양을 겸비한 제인과 같은 중간층의 높은 가치관을 무시하는 상류층의 허위의식을 고발하고 있다. 제인은 로체스터와의 사회적 계급 차이를 인식하고 있다. 그녀는 로체스터에게 "왕자 같은" "귀족적인" 등의 형용사를 붙이는 반면에 자신은 "서민"임을 강조한다. 파티에서 귀족 여성인 블랑슈 잉그램과 그녀의 어머니가 가정교사인 제인을 경멸적으로 대하자 제인은 그곳을 말없이 떠난다. 제인은 어릴 적 사촌 존과의 관계에서도 상류층의 독재적인 횡포를 고발하고 있다.

또한 제인은 손필드 사람들의 오만한 태도와 행동을 비판한다. 그녀는 블랑슈 잉그램을 오만하고 천박한 인물로, 제인 자신을 정부로 만들려는 로체스터를 오만하고 이기적인 상류층의 전형적인 인물로 묘사한다. 로체스터는 제인에게서 사랑의 고백을 받으려고 블랑슈 잉그램에 대한 자신의 사랑을 우스꽝스럽게 전시하면서 제인을 놀린다. 또 그와 헤어진다면 고용주로서 제인을 위해 아일랜드에 새 직업을 구해주겠다고 제의한다. 제인은 "재산과 계급, 인습"이 로체스터와의 관계를 갈라놓는다고 생각하며, 이런 것들에 연연해서 잉그램 양과 결혼하려 한다고 로체스터를 비난한다. 제인은 자신이 "가난하다는" 이유로 "감정도 없다고 생각하세요?"라고 물음으로써 물질적 가치관 때문에 자신의 존재가 무시당할 수는 없다고 주장한다. 로체스터가 결국 제인의 가치관과 사랑의 고귀함을 배우듯이, 이 소설은 상류층이 중간층의 높은 도덕적 가치관을 배워야 한다는 것을 암시하고 있다. 이처럼 맑시스트 비평은 인간관계를 물질과 계급의 경쟁으로 분석한 점에서는 이 소설에 대한 논의를 발전시켰지만, 한편으로 브론테가 보여주는 여성으로서의 특별한 경험과 그들의 심리적인 복합성을 무시하는 한계를 보이고 있다.

정신분석 비평

1920년 루실 둘리(Lucile Dooley)는 「천재 여성형으로서 샬럿 브론테에 대한 정신분석 *Psychoanalysis of Charlotte Brontë as a Type of the Woman of Genius*」이라는 에세이에서 브론테의 삶을 정신분석학적 관점에서 연구했다. 그 후 1988년 프레드릭 에쉬(Frederick Ashe)는 이 소설을 사례 연구의 자료(예를 들어 붉은 방에서의 제인의 우울증)로 이용하고 있다. 이 소설에 대한 현대의 정신분석학적 연구는 제인의 모성 상실과 그로 인한 공포감을 강조하고 있다. 아드리안 리치는 제인의 모성 상실과 그 결과에 주목하고 있고, 헬렌 모글런(Helen Moglen)은 제인의 모성 상실을 심리적인 공허감 내지 박탈감으로 간주하며, 나아가 그 당시의 여성들이 겪는 보편적인 고통과 박탈감으로 연결시키기도 했다. 폴린 네스터(Pauline Nestor)는 제인이 선하거나 또는 악한 어머니 인물과의 관계에서 겪는 심리적인 갈등과 화해의 다양한 경험에 대해 설명하고 있다.

이런 양면적인 어머니 인물과 제인의 관계에 대해서 필자는 『샬럿 브론테와 여성의 욕망 *Charlotte Brontë and Female Desire*』(2003)에서 전 오이디푸스(Pre-Oedipus) 단계를 중시한 정신분석 대상관계 이론가인 멜라니 클라인(Melanie Klein)과 낸시 초도로우(Nancy Chodorow)의 이론을 도입하여 분석해보았다. 클라인에 의하면 어린아이는 성장하면서 어머니를 선하기도 악하기도 한 통합적인 인물로 여기며, 초도로우는 어머니와 딸의 동성적 유대감이 이성과의 애정에 그대로 존재할 만큼 큰 힘을 갖고 있다고 주장했다. 필자는 두 이론가의 이론을 통해 제인이 어떻게 "악하거나 선한 어머니 인물"과의 관계에서 자아의 정체성을 형성해나가며, 이런 모성적 유대감이 이성애(異性愛)에도 존재할 만큼 강한 영향력을 갖고 있는지 살펴보았다. 예컨대 제인은 베시·헬렌·템플 선생님과 같은 "선한 어머니들"과의 관계에서 모성적인 사랑을 경험하지만, 리드 여사와 버사 같은 "악한 어머니" 인물과의 관계에서 더욱 성숙한 자아를 형성하게 된다. 게이츠헤드에서 제인은 외숙모 리드 여사를 미워하지만, 한편으로는 클라인의 모형에 있는 아이처럼 미워한 것에 대해 죄의식을 느낀다. 제인은 그녀와의 관계를 끊으려고 하면서도 유일한 어머니 인물이기 때문에 실제로는 리드 여사와의 분리를 두려워한다. 외숙모를 증오하면서도 "당장 그녀에게 달려가서 용서를 구하고 싶은" 이중적인 마음을 갖는다. 그녀의 분노는 외숙모를 잃지 않을까 하는 불안과 그것에서 기인한 자기연민으로 이어진다. 후에 외숙모를 다시 만날 때 제인은 외숙모를 선하거나 악한 어머니로 더 이상 구분하지 않고, 악하고 선한 면을 동시에 지닌 통합적인 인물로 본다.

그리고 버사는 제인을 위협하는 '악한 어머니 인물'로 나타나지만, 이 소설은 제인과 버사 사이에 유사성이 있다는 점에 주목해야 한다. 버사의 다락방과 제인의 "붉은 방"은 그들을 구속하는 점에서 유사하게 연결된다. 제인은 로체스터의 가부장적 사고와 태도가 버사의 광기의 이유가 될 수도 있다고 생각하고 그녀를 동정하며 그녀에게서 동질감을 느낀다.

낸시 초도로우는 모녀간의 강한 유대감은 여성의 이성애적 구조에도 영향력이 있다고 주장하고 있다. 『제인 에어』에서도 제인이 경험한 모성적 사랑과 용서는 그녀의 이성애적 상황에 영향을 미친다. 다시 말해서 제인이 헬렌과의 관계에서 경험한 사랑과 용서의 감정은 로체스터와의 관계를 재형성할 수 있게 하는 원동력이 된다. 제인의 모성 사회의 경험은 이성애 구조에 중첩되어 나타나기도 한다. 이것은 소설의 결말에서 제인이 로체스터의 텔레파시 같은 음성을 듣는 순간, 어머니 인물이 그녀의 주위를 에워싸는 장면에서 부각된다. 이와 같이 이 소설을 모성의 영향력에 대한 정신분석학적 관점에서 읽는다면 제인의 심리적 갈등을 더욱 깊이 분석해볼 수 있을 것이다.

탈식민주의적 비평

탈식민주의의 주된 논지는 서구 문화가 가진 유럽 중심적 성격을 비판함으로써 성립된다. 즉, 유럽인의 가치관은 이성적이고 합리적인 반면, 동양적 사고는 열등하고 비도덕적이며 "야만적"인 것으로 인식했다는 것이다. 이 소설에서는 이런 서양과 동양의 이분법적 식민주의 사고가 팽배한데, 특히 로체스터와 세인트 존의 사고에서 엿볼 수 있다. 로체스터와 세인트 존은 영국의 제국주의 지배자들이다. 로체스터는 자메이카의 삶을 지옥에 비유하고, 유럽에서 불어오는 달콤한 바람을 천국에 비유하면서 이 유럽의 바람에 의해 자신의 소생이 가능하다고 말한다. 세인트 존은 인도에서 가서 선교 임무를 하기 위해 제인에게 결혼해줄 것을 요구하는데, 그의 태도는 매우 가부장적이고 식민주의적 우월감에 가득 차 있다. 제인은 이 두 사람의 가치관을 모두 거부한다.

그런가 하면 제인은 어떤 면에서는 그녀 자신이 오히려 식민주의의 옹호자가 된다. 식민주의에 대한 제인의 양면적인 태도를 통해 이 소설이 식민주의 담론과 어느 정도 공모하고 있다고 볼 수 있다. 예를 들어 제인은 로체스터에게 "당신의 노예로 남기보다는 터키의 선교사가 되어 후궁들을 찾아가서 노예처럼 구속받는 그들에게 자유를 설교하겠다"고 하는 대목에서 식민주의를 옹호하려는 그녀의 의지를 읽을 수 있다. 개화된 영국 여성이 가난하고 속박당하는 여성들을 구원하기 위해 터키로 떠나겠다는 말은 동양 문화에 대한 유럽 중심적 사고에서 비롯되었다고 볼 수 있다. 즉, 모든 여성은 남자들의 노예가 되지만, 영국 여성이 동양 여성에 비해 도덕적으로나 정신적으로 우월하다는 의미를 내포하고 있다.

제인은 영국 여성과 외국 여성을 순수함 대 물질 숭배의 이분법을 통해 구분하고 있다. 프랑스인 셀린 바랑스와 그녀의 딸 아델은 물질주의와 천박함으로 소설 속에서 끊임없이 비난의 대상이 된다. 로체스터는 셀린 바랑스가 "영국제 바지" 주머니에서 나오는 영국 돈에 매료되었다고 말하는데, 여기서 그는 자신의 영국적 순수함과 프랑스인의 교활함을 대조시키고 있다. 소설의 미지막에서 제인은 아델이 받은 "건전한 영국 교육이 그녀의 프랑스식 결점을 많이 고쳐주었다"고 표현함으로써 영국의 우월함을 다시 한 번 강조한다.

외국 여성에 대한 제인의 이러한 차별 대우는 버사의 묘사에서 더욱 강조된다. 제인은 백인과는 달리 크레올 버사를 "흡혈귀" 또는 "그것"으로 지칭하며 비인간적으로 묘사하고 있다. 제인은 흡혈귀 같은 버사가 순수한 로체스터에게서 생명의 피를 빨아먹고 있다고 생각한다. 또 로체스터는 그가 버사와 결혼하기 전에는 제인만큼 순수했다고 말한다. 이 소설은 제인의 교양과 지성을 영국인과 순수함으로 연결 짓고, 버사의 비인간적인 면을 자메이카와 혼혈로 연결시키면서 제국주의의 이분법적 구도를 생산해내고 있다.

인도 태생의 탈식민주의 페미니스트 가야트리 스피박(Gayatri Spivak)은 『제인 에어』 소설 자체가 식민주의 담론의 가정들과 공모하고 있다는 인상을 준다고 주장하고 있다. 스피박은 서구 백인인 제인을 페미니스트 주인공으로 부각시키기 위해 식민지 피지배인 크레올인 버사를 미친 동물로 그려 희생시킨다고 말하고 있다. 스피박은 샌드라 길버트와 수잔 구바가 제인을 가부장적 사회에서 자기 발전을 이룬 최고의 페미니스트 주인공으로 보는 데 대해서도, 실은 결혼하기까지의 제인의 발전은 자메이카 식민지 출신의 크레올인 버사의 희생 없이는 불가능했다고 주장하고 있다. 스피박은 길버트와 구바 같은 영미 페미니스트들이 지닌 사고의 한계점을 지적하면서 한편으로는 제3세계 여성인 버사의 중요성을 간과하지 말아야 한다고 했다. 스피박은, 버사는 제인이 가졌던 자기 확신을 가질 수 없었던 인물이지만 그녀를 단지 제인의 대리인으로서가 아니라 독립적인 인물로 보아야 한다고 주장했다. 그리고 스피박은 버사와 흑인 크리스토핀에게 주체성을 부여하여 『제인 에어』를 다시 쓴 진 리스(Jean Rhys)의 『드넓은 사가소 바다 Wide Sargasso Sea』(1966)를 높이 평가하고 있다. 『제인 에어』를 탈식민주의적 관점에서 쓴 이 소설에서 버사는 독립적이며 주체적인 인물로 묘사된다.

진 리스가 『드넓은 사가소 바다』를 쓰게 된 것은 『제인 에어』에 나타난 크레올 출신 버사의 운명과 관계가 있다. 진 리스는 버사의 존재를 복귀시키는 것이 자신의 임무라고 편지에서 밝히고 있다.

> 나는 『제인 에어』를 읽고 또 읽었다. (중략) 샬럿 브론테의 소설 속에서 크레올 여인(버사)은 별 볼일 없는 혐오스런 인물이며, 단 한 차례도 살아 있는 인물로 나오지 않았다. 그녀는 이야기의 플롯에 필요한 인물이긴 하지만 보이지 않는 무대 뒤에서 비명이나 지르고 울부짖고 광포하게 웃어대며 아무에게나 공격을 퍼붓는다. 하지만 나로서는 그녀가 반드시 정상적인 인물로 등장해야 한다고 생각한다.

이 소설에서 리스는 버사를 무대중심에 놓고 그녀에게 목소리를 주어 말하게 하고 왜 그녀가 미친 사람이 되었는지, 왜 손필드 저택에 불을 질렀는지 말하게 한다. 버사의 저항이 무엇을 의미하는지도 독자에게 알린다. 이 소설에서 버사는 자신의 어머니와 어린 시절에 대해 말하고, 남편은 아내와 크레올 주민들을 왜 싫어하는지 말한다. 또한 버사는 다락방에 갇혀 생활하지만, 꿈속에서 집에 불을 지르고 로체스터의 영국 집에서 걸어 나온다. 이 소설은 로체스터의 가부장적인 식민주의적 욕망에 반대하는 크레올인 버사와 흑인 크리스토펀의 저항적 행위를 통해 식민주의 지배 구도의 문제점을 제기하고 있다. 즉 식민지 피지배인 버사를 정상적인 인물로 등장시키고 자아 해방을 추구하게 함으로써, 버사를 감금한 로체스터의 지배 권력에 문제점을 제시하는 것이다. 리스의 『드넓은 사가소 바다』는 침묵하고 억압당하는 버사의 존재를 부각시킴으로써 『제인 에어』를 탈식민주의적 관점에서 재조명하고 있다.

이외에도 탈식민주의 페미니스트인 수잔 메이어(Susan Meyer)는 성별과 계급과 인종적인 관점하에 모든 피지배자를 영국 식민주의 상황과 연결시키면서 반란 노예인 제인의 저항이나 버사의 광기는 식민주의 통치에 대한 저항을 뜻한다고 보고 있다. 특히 메이어는 버사의 전복적(顚覆的) 행위를 역사적 사실과 연관시키고 있다. 즉 로체스터의 방에 불을 지르고 손필드의 집을 불태우는 버사의 행위를 1831년 12월부터 1832년 초까지의 서부 자메이카에서 노예 6만 명이 영국 사람들에게 저항한 밥티스트 전쟁(Baptist War)과 당시 노예

들이 지른 불과 연결시키고 있다. 퍼두스 아짐(Firdous Azim)
은 버사의 저항적이고 반항적인 기질을 지배자가 피지배사에
게 강요하는 식민지 교육이 피지배자의 저항을 낳음으로써
결국 실패로 끝나는 것을 보여주는 증거라고 주장하고 있다.

결론적으로 제인이 영국의 제국주의적 우월성을 드러내
고 있다는 관범에서 보면, 이 소설이 여전히 식민주의를 옹호
하고 있다고 말할 수 있다. 스피박처럼 식민지 출신의 버사가
주체적 인물이 아닌 제인의 부수적 희생물로서 존재한다고
본다면, 이 소설은 식민주의 담론과 공모하고 있는 것이다.
하지만 메이어나 아짐처럼 버사의 전복적 행위나 제인의 반
항을 식민주의 노예들의 저항으로 본다면, 이 소설은 탈식민
주의적 관점을 지닌 것으로 볼 수 있다.

미술·영화·박물관

브론테와 그림

샬럿은 작가뿐만 아니라 화가로서도 예술적 재능이 뛰어
났다. 그녀는 어려서부터 자연을 스케치했는데, 지금도 브론
테 목사관 박물관(Brontë Parsonage Museum)에 그녀의 그림
들이 소장되어 있다. 그녀는 나무조각가이자 자연주의자인
토마스 비윅(Thomas Bewick)과 유화 화가인 존 마틴(John
Martin)으로부터 강한 영감을 받았다. 비윅은 주로 시골 사람
의 삶을 스케치했고, 마틴은 성경의 장면들을 그렸다. 『제인
에어』에서도 그림에 대해 자주 언급되고 있다. 이 소설은 영
국 섬에 주로 살고 있는 새 그림과 그에 대한 설명을 곁들인
비윅의 『영국 조류 역사 *The History of British Birds*』(1804)에

대한 언급으로 시작된다. 비윅의 책에는 영국 섬에 서식하는 새들 외에도 시골에서의 익살스럽고 우울하고 초자연적인 장면을 그린 그림들도 포함되어 있었다. 제인이 리드가에서 고립된 채 읽고 있는 비윅의 북극 서식처 장면들, 즉 북극의 눈과 얼어붙은 대양은 고아인 제인의 황량한 마음을 상징하고 있다.

손필드에 갈 때 제인은 자기가 그린 그림들을 가지고 간다. 로체스터에게 보여준 세 장의 수채화는 익사한 송장, 어둡고 야성적인 눈을 가진 별, 빙산 위에서 쉬고 있는 거대한 사람의 머리를 그린 것이다. 북극 서식에 관한 이런 주제는 비윅의 그림책에서 따온 것이다. 로체스터의 이중 결혼이 드러나자 제인은 상실감에 젖어 혼자 방에 앉아 있는데, 그녀 주위의 이미지는 비윅의 황량한 북극 겨울의 모습과 유사하다. 비윅의 그림에서처럼 이 소설의 섬뜩하고 초자연적인 면은 제인의 불길한 예감을 보여주는데 이용되고 있다. 로체스터의 사탄적인 저항과 제인의 고립된 상황은 존 마틴의 그림에 있는 삼손과 여호수아와 같은 고독한 성경적인 인물을 바탕으로 한 것이다.

브란웰 브론테는 샬럿보다 그림을 잘 그렸다. 그의 예술적 재능은 생계를 꾸려갈 정도는 아니었지만 상당한 수준이었다. 그는 가족과 친구에 대한 훌륭한 그림을 남겼는데, 가장 유명한 것으로는 에밀리와 앤, 샬럿을 그린 그림으로 원래 그 자신도 포함시켰으나 기둥만 남겨놓은 채 자신의 모습은 지워버렸다. 이 그림에서 자매의 흐린 색깔의 옷과 어두운 표정은 그들의 삶의 분위기를 말해주고 있다. 브란웰 자신이 그림에서 사라진

브론테 자매들. 브란웰이 그림. 1834년.
원래 브란웰은 자신을 그렸으나 후에 지워 버림. 형태가 남음.

것은 누이와의 관계에서 그 자신이 보이지 않는 인물로 남기를 원했다는 것을 알 수 있다. 또한 그의 자살을 암시하는 상징적 장면으로도 볼 수 있다.

『제인 에어』 영화

『제인 에어』를 영화화한 작품으로는 로버트 스티븐슨 (Robert Stevenson)이 감독한 1944년도 작품, 델버트 만 (Delbert Mann)이 감독한 1970년도 작품, 프랑코 제프렐리 (Franco Zeffirelli)가 감독한 1996년도 작품 등 세 편이 있다.

그중 첫 번째 작품에서 로체스터로는 오손 웰즈, 제인은 조안 폰티엔, 헬렌 번즈로는 엘리자베스 테일러가 나온다. 이

프랑코 제피렐리 감독이 영화화한 1996년도판 『제인 에어』. 사진 속 인물은 샤를로트 갱스부르 (제인)와 안나 파퀸(아델).

작품에서는 무어 하우스 전체를 삭제했는데, 대신 후에 나온 영화들보다 흑백 대비를 강조함으로써 공포와 소외의 고딕 분위기를 잘 살려내고 있다. 제인은 매우 순종적이고 약한 인물로 묘사되고, 오로지 로체스터의 욕망의 대상으로만 초점이 맞추어진다. 버사는 한 번도 화면에 비치지 않고 어두운 그림자 형태로만 나타난다.

반면에 1970년도 작품은 컬러 배경과 함께 제인의 심리적 묘사에 좀 더 치중했다. 1970년대 여성주의 시각과 더불어 제인은 좀 더 주체적인 인물로 그려진다. 제인은 세인트 존과 로체스터의 가부장적 권위에 과감하게 맞선다. 관객은 버사를 직접 보게 되고, 로체스터의 부인으로 그녀에게 초점이 맞춰진다.

1996년도 작품은 로체스터와 제인을 성적 욕망을 가진 주체로 등장시키고 있다. 여기서 제인은 자신의 주관적인 관점에서 로체스터와의 관계를 표현하고, 그녀의 관점을 통해서 모든 것이 보인다. 이 작품에 또 다른 면이 있다면 제인과 헬렌, 템플 선생님, 페어팩스 부인, 리버스가 자매들과의 우정이 부각된다는 점이다. 여기서 버사는 제인과 연결되는 인물로 등장한다. 감독 제프렐리는 두 여성 사이의 상징적인 관계를 조명하고 있다. 결혼 전 제인이 로체스터의 가부장적인 태도를 싫어하여 그와의 관계를 그만두려고 할 때, 버사는 제인의 웨딩 베일을 찢는다. 이런 식으로 두 여성의 행동이 유사하게 전개되며, 여기에 카메라의 초점이 맞추어지고 있다. 이 작품에서 두 여성은 로체스터의 가부장적인 사고를 깨트리는 데 동조하는 인물로 부각된다. 이처럼 시대에 따라 제인의 모습은 보다 심리적이고 욕망이 강한 여성으로 묘사되고 있는데, 이는 여성의 주체성에 대한 생각이 계속 진보하고 있는 상황을 반영하고 있다 하겠다.

브론테 목사관 박물관

1779년에 설립된 하워스 목사관은 현재 훌륭한 박물관의 면모를 갖추고 있다. 이곳에는 브론테가의 모든 것이 복원되어 있다. 브론테 자매가 책을 쓰지 않을 때 주로 했던 바느질

브론테 목사관 박물관. 브론테가의 생존 당시 모습을 확인 할 수 있다.

도구와 그들이 입었던 옷(샬럿의 작은 장갑과 신발), 그들이 놀던 방, 에밀리가 주로 연주했던 피아노, 에밀리가 그 위에서 숨을 거두었던 소파 등이 그대로 보존되어 있다. 그 밖에 브론테 남매의 그림도 소장되어 있다. 브론테 목사관 박물관(Brontë Parsonage Museum)은 1893년에 만들어진 브론테 단체(Brontë Society)에 의해 운영되고 있으며, 이 단체의 회원은 무료입장이 가능하다. 브론테 단체는 세미나, 회담, 영화 감상을 관장하고 있다. 바물관은 일 년 내내 열려 있고, 브론테 웹사이트에서도 많은 정보를 얻을 수 있다.

The Brontë Parsonage Museum, Haworth, Keighley W. Yorks BD22 8DR, England

Tel. +44(0)1535 642323

Fax. +44(0)1535 647131

Email: brontë@brontë.org.uk

Website: www.brontë.info

2 리라이팅

제인 에이

『제인 에어』는 1847년 10월 초판, 1847년 12월 개정판,

1848년 3월의 3판까지 전체 3권짜리로 출판되었다. 이런 식의 3권짜리

출판은 19세기 중반 소설들이 취하는 일반적인 경향이었다.

초판에는 커러 벨에 의해 편집되었다는 말을 썼으나,

개정판부터는 편집이란 용어를 빼고 커러 벨을 작가 이름으로 언급했다.

현대판들은 이 소설을 3권 짜리가 아닌,

편의상 한 권으로 출판하고 있다.

본서에서는 원 작품을 압축하여 의미를 그대로 살리면서,

주요 사건을 중심으로 소제목을 넣어 읽기 쉽게 구분해보았다.

제인 에어

게이츠헤드에서

고아 제인, 붉은 방에 갇히다

그날은 산책할 수 없을 만큼 날씨가 나빴다. 오후가 되자 찬바람이 불고 음산한 먹구름이 일더니 비가 내렸다. 난 오히려 실내에서 지내는 것이 더 기뻤다. 사촌 일라이자와 존, 조지애나보다 몸이 약하다는 열등감을 느끼며 기가 죽어 돌아올 것을 생각하면 산책하기가 정말 싫었다. 난롯가 소파 위에 드러누워 있는 리드 부인과 그 주위를 빙 둘러싸고 있는 사촌들은 모두 행복해 보였다. 내가 난롯가에 다가가자 리드 부인이 차갑게 말했다.

"제인, 안됐지만 네가 좀 더 정직하고 상냥하다고 베시에게 전해 듣거나, 아니면 내 눈으로 확인하기 전에는 너를 우리 애들과 어울리게 할 수는 없어."

"베시가 저에 대해 뭐라고 했는데요?"

"제인, 나는 그렇게 생트집 잡고 이것저것 귀찮게 묻는 아이는 딱 질색이야. 어린애가 이렇게 어른에게 대들면 안 되는 거야. 다른 방에 가 있어."

나는 조용히 거실 옆의 작은 방으로 가서 책장에서 그림이 많은 비윅의 『영국 조류 역사』를 뽑아 들고는 창턱에 올라가 다리를 꼬고 앉았다. 그러고는 붉은 모직 커튼을 내려 나만의 은신처를 만들었다.

"요게 어디 있지?"

사촌 존의 목소리가 들렸다. 존은 조용히 책을 읽고 있는 내게 자기 앞으로 오라고 명령했다. 그는 열네 살이고, 나는 그보다 네 살 어린 열 살이다. 그는 나를 유난히 싫어해서 끊임없이 나를 괴롭혔다. 나는 존이 때릴까봐 두려워하면서도 가까이 다가갔다. 아니나 다를까 그는 내 뺨을 세게 때렸다.

"방금 우리 엄마한테 말대답한 대가야. 그리고 커튼 뒤에 숨고, 조금 전에 건방지게 굴었기 때문이야. 계집애야!"

존의 욕설에 익숙해져 있었기 때문에 나는 아무런 대꾸도 하지 않았다.

"커튼 뒤에서 뭘 했지?"

"책 읽고 있었어."

"그 책 이리 내놔! 누가 우리 책을 마음대로 꺼내 읽으라고 했어? 돈도 한 푼 없으면서. 네 아버지는 돈 한 푼 안 남겨 놓았대. 너 같은 계집애가 우리처럼 좋은 집안 아이들과 이 집에서 함께 사는 것은 말도 안 돼. 책은 모두 내 거야. 이 집도 모두 내 거고. 자, 이제 네 처지를 알았으면 빨리 문 쪽으로 가 서 있어!"

나는 그가 시키는 대로 천천히 문 쪽으로 걸어갔다. 순간 존은 내가 읽던 두꺼운 책을 내게 던졌다. 날아온 책에 맞아 머리에서는 피가 나고 몹시 아팠다. 나는 그에게 욕설을 퍼부었다.

"살인자! 노예 감독자! 로마의 폭군 황제!"

리드 부인이 보모 베시와 하녀 애벗과 함께 득달같이 달려왔다.

"존에게 덤벼들다니! 이 포악한 것 좀 봐!"

"이런 애는 처음 보겠네!"

베시와 애벗도 한마디씩 했다. 잇달아 리드 부인은 화난 목소리로 명령했다.

"이 애를 붉은 방으로 데리고 가서 가둬버려."

나는 붉은 방으로 끌려가면서 줄곧 발버둥을 쳤다.

"이게 무슨 끔찍한 짓이야. 도련님에게 덤벼들다니! 이 집의 젊은 주인에게 말이야."

애벗의 말에 나는 소리쳤다.

"주인이라고? 그 애가 어떻게 해서 내 주인이야? 그럼 나는 하녀란 말이야?"

그들은 붉은 방의 의자 위에 나를 내동댕이치고, 방문을 잠가버렸다. 9년 전 리드 외삼촌이 이 방에서 세상을 떠난 뒤 단 한 번도 사용된 적이 없는 방, 이 차갑고 썰렁한 방엔 나 혼자뿐이었다. 나를 뚫어지게 바라보고 있는 거울 속의 이상한 모습은 정말 도깨비 같았다. 내 피 속에는 반란을 일으킨 노예의 기분이 들끓었다.

"억울해! 억울하단 말이야!"

참을 수 없는 분노와 증오로 나는 소리쳤다. 나는 그곳의 누구와도 어울리지 않았다. 아무도 나를 사랑해주지 않았기에 나 역시 그 집의 누구도 사랑할 수 없었다.

리드 외삼촌이 살아 계셨다면 틀림없이 내게 친절히 대해주셨을 것이다. 외삼촌이 부모를 여읜 나를 이곳으로 데려오셨고, 돌아가실 때는 리드 부인에게 나를 친자식처럼 키우겠다는 맹세까지 하게 했다는 것을 나는 알고 있었다.

리드 외삼촌이 숨을 거두었다는 새하얀 침대를 바라보고 있던 나는 문득 죽은 사람에 대한 이야기가 떠올랐다. 죽을 때 남긴 유언이 지켜지지 않으면 그 약속을 어긴 사람에게 복수하려고 이 세상에 다시 나타난다는 것이다. 어쩌면 리드 외삼촌의 영혼도 내가 구박받는 것을 알고 이 방에 나타날지도 모른다는 생각에 나는 흐르는 눈물을 닦고 울음을 참았다. 하지만 아무리 나를 위로하려고 나타난다고 해도 실제로 외삼촌의 영혼이 나타나면 무서울 것 같았다.

그때 벽에서 한줄기의 빛이 번뜩였다. 그 빛은 전장에서 움직이다가 내 머리 위에서 흔들렸다. 어쩌면 저승에서 온 빛일지도 모른다는 생각이 들었다. 가슴이 두근거리고 신경이 바짝 곤두섰다. 나는 자물쇠를 잡고 필사적으로 흔들며 소리쳤다. 그 때 발소리가 들리고 잠시 후 베시와 애벗이 들어섰다.

"왜 그래? 어디 아프니?" 하고 베시가 물었다.

"끔찍도 해라! 왜 이런 소음이!" 하고 애벗이 소리쳤다.

"날 내보내주세요! 도깨비 같은 불빛이 보였어요! 외숙모, 용서해주세요. 여기서는 정말 죽을 것 같아요. 차라리 다른 벌을 주세요."

"왜 이렇게 시끄러워! 정말 지겹구나!"

리드 부인은 미친 듯이 울부짖는 나를 방안으로 떠밀어 넣고 자물쇠를 잠가버렸다.

그녀가 사라지고 나서 나는 한바탕 발작을 일으켰던 모양이다. 그 다음은 전혀 생각이 나질 않았다. 정신을 차리고 보니 나는 육아실의 침대에 누워 있었다. 베시는 내게 책을 갖다 주기도, 노래를 불러주기도 하며 나를 위로해주었다. 점심 때 약제사 로이드 씨가 나를 찾아왔다.

"왜 병이 났지?"

"넘어졌어요."

베시가 거들었다.

"넘어졌다고? 그 나이에 아직도 제대로 걷지 못하나?"

"존한테 맞아서 쓰러진 거예요. 그 때문만은 아니에요. 리드 부인은 저를 도깨비가 나오는 어두운 붉은 방에 가두었어요. 캄캄해진 뒤에도 계속 갇혀 있었어요."

"설마 이 좋은 집에서 나가고 싶다는 말은 아니겠지?"

"갈 데만 있다면 전 기쁜 마음으로 여기를 떠나겠어요. 물론 가난한 사람들 속으로 들어가기는 싫지만 말이에요."

로이드 씨는 잠시 생각에 잠기더니 조용한 목소리로 물었다.

"너 학교에 가고 싶지 않니?"

나는 학교가 어떤 곳인지 전혀 몰랐기 때문에 잠시 어리둥절했다. 하지만 일단 학교에 간다면 모든 것이 변하게 될 것이고, 그것은 새 생활을 의미하기도 했다. 나는 얼른 대답했다.

"학교에 정말 가고 싶어요."

"응, 알았다. 그렇게 될지 누가 아냐!"

이후에 일어난 일로 미루어 그날 로이드 씨는 리드 부인에게 나를 학교에 보내라고 권했고, 그 권고는 즉각 받아들여진 것 같았다.

그날 내가 잠자리에 들었을 때 애벗과 베시는 내가 잠든 줄 알고 나에 대한 이야기를 했는데, 그들의 이야기를 통해 나는 부모님에 대한 새로운 사실을 알게 되었다. 나의 아버지는 가난한 목사였고, 어머니는 주위의 반대를 무릅쓰고 그와 결혼했으며, 그래서 외할아버지는 딸이 말을 듣지 않자 화가 나서 돈 한 푼 없이 내쫓았다는 것 등이었다. 그리고 부모님이 결혼한 지 일 년쯤 되었을 때 아버지는 빈민가에서 선교를 하다가 전염병인 티푸스에 걸렸으며, 어머니도 아버지에게 감염되어 두 분 모두 한 달 간격으로 세상을 떠났다는 사실도 알게 되었다.

불붙는 히스 언덕

어느 날 낯선 마차 한 대가 게이츠헤드 저택으로 들어왔다. 그러자 베시가 방으로 들어오더니 나를 응접실로 데리고 갔다. 응접실에는 리드 부인과 웬 낯선 사람이 앉아 있었다. 그는 마치 검은 기둥 같았다. 내 눈에는 검은 옷을 걸친 무시무시한 모습밖에 보이지 않았다. 리드 부인은 나를 그 남자에게 소개했다.

"이 아이가 바로 그 아이입니다."

그는 나를 찬찬히 살펴보더니 물었다.

"몸집이 자그마한데 몇 살이지?"

"열 살입니다."

"이름이 뭐지?"

"제인 에어입니다."

키가 크고 얼굴이 몹시 험상궂게 생긴 그 남자는 내게 또 질문을 했다.

"나쁜 아이가 죽으면 어디로 가는지 아니?"

"지옥에 갑니다."

"거기 가지 않으려면 어떻게 해야 되지?"

나는 잠시 생각해봤으나 마땅한 대답을 찾을 수 없었다.

"건강하게 살면서 죽지 말아야 합니다."

"어떻게 건강하게 지낼 수 있겠니? 많은 아이들이 죽어가고 있는데. 네가 만약 저승에 간다면 어떡하지?"

그러자 리드 부인이 끼어들었다.

"지난번 편지에서 말씀드린 대로 이 애가 로우드 학교에 들어가거든 엄격하게 교육시켜주십시오. 특히 거짓말하는 버릇을 고쳐주세요. 제인, 네가 브로클허스트 씨를 속이려고 들면 못쓴다."

낯선 사람 앞에서 그런 모욕을 당하다니, 분한 마음에 눈물까지 났다. 나는 뺨으로 흘러내리는 눈물을 닦았다.

"어린애가 남을 속인다거나 거짓말하는 건 좋지 않아요. 리드 부인, 너무 걱정 마십시오. 이 아이를 잘 감시하겠습니다. 템플 선생님과 다른 교사들에게도 잘 얘기해놓겠습니다."

"아이가 쓸모 있고 얌전해지도록 교육시켜주십시오. 그리고 방학 때도 로우드에서 지낼 수 있게 해주세요."

나는 문을 향해 몇 발짝 걸어가다가 홱 돌아서서 리드 부인 쪽으로 바싹 다가섰다. 그동안 참아왔던 말을 해야겠다고 생각했다.

"저는 남을 속이지 않아요. 제가 만약 거짓말쟁이라면 외숙모를 좋아한다고 말하겠지요. 하지만 전 외숙모가 싫어요. 솔직하게 말하면 존 리드 다음으로 외숙모가 이 세상에서 제일 싫어요."

"할 말 다 했니?"

리드부인의 냉랭한 말이 내 반항심을 자극했다. 나는 흥분으로 몸을 떨면서 말했다.

"우리가 한 핏줄이 아니라는 게 정말 다행이에요. 이제부터 다시는 외숙모라고 부르지 않겠어요. 제가 어른이 되어도 절대로 만나러 오지 않겠어요. 그리고 누가 제게 외숙모가 잘해 주었냐고 물어보면, 전 생각만 해도 진저리가 난다고 대답할 거예요."

"제인, 어디다 대고 감히 그런 소리를 하는 거야?"

"제가 감정이 없기 때문에 애정이나 친절 없이도 살 수 있다고 생각하시는 모양인데, 전 그렇게 살아갈 수 없어요. 저를 가혹하게 붉은 방에 처넣어 두었던 일은 평생 잊지 못할 거예요. 제가 발버둥 치며 애원하는데도 외숙모는 문을 잠가 버렸어요. 제게 물어보는 사람이 있으면 누구에게든 그대로 얘기해주겠어요. 사람들은 외숙모를 착한 사람이라고 알고 있지만 정말 모질고 잔인한 분이에요. 외숙모야말로 거짓말쟁이에요!"

리드 부인은 부들부들 떨면서 금방 폭발할 것 같은 태도로 말했다.

"제인, 어떻게 감히 그런 소리를 하는 거니? 난 너의 나쁜 점을 고쳐주려는 거야."

"저의 나쁜 점은 거짓말하는 게 아니에요. 전 이 집의 자식이 아니니까 어서 학교로 보내주세요. 이 집에서 살기 싫어요. 어디든 좋으니까 떠나게 해달란 말이에요."

"정말이지 빨리 학교에 보내버려야겠구나."

혼자 그 방에 남게 되자 난 처음으로 승리감을 느꼈다. 나는 한동안 브로클허스트 씨가 서 있던 양탄자 위에 서서 승리자의 고독을 한껏 맛보았다. 내 기분은 불붙는 히스 언덕이었다고 말하는 것이 적절할 것이다. 나는 처음으로 복수 비슷한 감정을 느꼈다. 하지만 한편으로 나는 당장 외숙모에게 달려

가서 용서를 구하고 싶기도 했다. 잠시 후 베시가 들어와서 나를 껴안아주었다.

"제인 아가씨, 이제 학교에 가게 된다지?"

베시는 나를 격려해주었다. 그날 밤, 베시는 내게 재미있는 이야기를 들려주고 노래도 불러주었다. 나는 내 인생에도 햇빛이 드리워지는 것을 느낄 수 있었다.

로우드 자선 학교

헬렌을 만나다

아직 날이 채 밝지도 않았는데도 로우드 학교 학생들은 모두 일어나 옷을 입고 있었다. 마지못해 나도 침대에서 일어났다. 지독히 추운 날씨였다. 나는 벌벌 떨면서 간신히 옷을 입고 세면대에서 차례를 기다려 세수를 했다. 세면대 하나를 학생 여섯 명이 함께 사용하기 때문에 차례가 되려면 오래 기다려야 했다. 얼마 후 종소리가 울리자, 선생님들이 교실로 들어오고 학생들은 각자 자기 테이블에 가서 앉았다. 기도문 암송과 성경 구절 낭독이 시작되었다. 그것으로 거의 한 시간을 보내고나니 날이 완전히 밝아 있었다.

다시 종이 울리고, 학생들은 줄을 지어 아침 식사를 기다렸다. 나는 어제 아무것도 먹지 않았기 때문에 두 개의 기다란 식탁 위에 놓인 김이 오르는 음식을 보자 몹시 기뻤다. 그러나 음식에서 나는 고약한 냄새 때문에 무척 괴로웠다. 다른 학생들의 얼굴에도 불만스런 빛이 역력했다.

로우드 학교의 교장인 마리아 템플 선생님은 상급반 학생들에게 지리를 가르쳤고, 밀러 선생님은 하급반 학생들에게 역사와 문법, 글짓기를 가르쳤다. 수업을 마치는 종이 울리자 템플 선생님이 말했다.

"여러분, 오늘 아침 식사는 제대로 못했을 테니 시장들 할 거예요. 그래서 간식으로 치즈 바른 빵이 나오도록 조처해놓았습니다."

교사들은 놀란 표정으로 그녀의 얼굴을 바라보았다. 잠시 후 학생들은 치즈 바른 빵을 받았다. 모두 기뻐서 떠들썩하니 먹기 시작했다. 그때까지 나는 어느 누구와도 말을 하지 않았다.

학교 건물 옆에는 기숙사 건물이 있었는데, 나는 출입구 바로 위의 명판에 쓰인 글을 작은 소리로 읽었다.

"로우드 자선 학교."

나는 내 뒤에 서 있는 아이에게 물었다.

"왜 자선 학교라고 하는 거야? 다른 학교와 뭐가 다른데?"

"자선을 베푸는 학교이기 때문에 그런 거야. 너나없이 모두 구제 아동이거든. 너도 고아 아니니?"

"응, 맞아. 부모님은 내가 어렸을 때 돌아가셨어."

"그럴 줄 알았어. 여기 아이들은 대부분 부모님 중 한 분이 돌아가셨거나, 아니면 두 분 다 돌아가신 아이들뿐이야."

나는 새 친구에게 학교와 선생님들에 대해 이것저것 물어보았다. 그 애는 내가 물어보는 것마다 모두 친절하게 대답해 주었다.

오후 수업이 끝나고 5시경에 우리는 작은 잔에 담긴 커피 한 잔과 갈색 빵 반쪽으로 식사를 했다. 양이 적어서 내 몫을 다 먹었는데도 여전히 배가 고팠다. 이것이 로우드 학교에서의 나의 첫날이었다.

역사를 가르치는 스캐처드 선생님은 학생들에게 질문을 많이 했는데, 대부분의 학생은 대답을 하지 못했지만, 어제 잠깐 이야기를 나눴던 헬렌 번즈는 어떤 문제에도 막히지 않고 대답을 잘했다. 그래서 나는 헬렌이 틀림없이 칭찬을 들을 것으로 예상했다. 그런데 뜻밖에도 스캐처드 선생님은 소리를 질렀다.

"헬렌, 더럽고 비위에 거슬리는 것 같으니라고! 너는 오늘 손톱을 깎지 않았지! 아침에 세수는 한 거야?"

헬렌은 잠자코 있었다. 나는 헬렌이 물이 얼어서 세수할 수 없었다고 왜 변명을 하지 않는지 답답했다. 잠시 후 스캐처드 선생님은 회초리로 열두어 번 헬렌의 목을 세게 후려쳤다. 나는 그 광경에 너무나 놀랐으며 참을 수 없는 분노를 느졌다. 그러나 헬렌은 표정 하나 바뀌지 않았다. 휴식 시간에 나는 그녀에게 다가가서 물었다.

"헬렌, 로우드를 떠나고 싶지 않아?"

"아니, 뭣 하러? 교육받으려고 온 건데 도중에 가면 어떻게 되라고."

"그런데 스캐처드 선생님은 너무 지독하시더라."

"좀 엄격하신 분이야. 그분은 내 결점을 싫어하거든."

"만약 내가 네 처지라면 그 선생님을 미워했을 거야. 아마 반항도 했을 테고……"

"참을성 있게 이겨내야 해. '악을 선으로 갚아라' 는 성경 말씀도 있지 않니?"

나는 헬렌의 말을 잘 이해할 수 없었다.

"아까 말한 너의 결점이라는 게 뭐야? 내가 보기에 넌 참 착한 아이 같은데……"

"사람을 겉만 보고 짐작해서는 안 된다는 것을 나한테 배워야겠구나. 난 스캐처드 선생님 말씀대로 정리정돈도 할 줄 모르고 부주의할 때도 많아. 수업 시간에 다른 책을 읽다가 들킨 적도 한두 번이 아니야. 스캐처드 선생님 입장에서는 화가 나는 노릇이지. 하지만 난 스캐처드 선생님을 미워하지 않으려고 노력해."

"그렇지만 헬렌, 나는 이렇게 생각해, 나를 미워하는 사람은 내 편에서도 미워하는 것이 마땅하다고. 애매하게 나를 벌주는 사람에겐 반항해야 한다고."

"예수님이 말씀하신 '원수를 사랑하라. 너희를 핍박하는 자를 위해 기도하라' 는 말씀을 너의 생활신조로 삼도록 해보렴."

"그렇다면 난 리드 부인과 존 리드를 사랑해야겠네. 하지만 난 그것만은 못해."

이번에는 헬렌이 그 이유를 물었다. 그래서 나는 가슴속에 맺혀 있던 억울하고 슬픈 이야기를 쏟아놓았다. 헬렌은 잠자코 내 이야기를 들어주었다.

"너한테 심하게 굴었구나. 그녀는 네 성격이 싫었던 거야. 마치 스캐처드 선생님이 내 성격을 싫어하듯이 말이야. 그렇지만 넌 그녀가 한 말이나 네게 한 행동을 너무 자세히 기억하고 있어. 그런 것은 잊어버리는 게 나을 거야. 원한을 품거나 남의 허물을 모두 기억하기엔 우리 인생이 너무 짧아."

헬렌은 마치 자기 자신에게 이야기하듯 조용한 얼굴로 말했다.

억울한 누명을 쓰고

어느 날 오후, 브로클허스트 씨가 학교에 나타났다. 그의 등장에 나는 몹시 당황했다. 리드 부인이 나에 대해 좋지 않게 그에게 보고한 것이라든가, 그가 나의 나쁜 성질을 선생님들에게 말하겠다고 한 것을 나는 똑똑하게 기억하고 있었기 때문이다.

교실로 들어온 브로클허스트 씨는 템플 선생님에게 학교 운영에 대해서 이것저것 따졌다. 일주일에 두 번이나 치즈 바른 빵을 준 것에 대해서도 따져 묻자 템플 선생님은 침착하게 대답했다.

"선생님! 나의 교육 방침이 사치와 방종이 아닌, 인내심과 자제심을 기르는 데 있다는 것쯤은 알고 계시지요. 학생들에게는 인내심과 고난을 이겨낼 힘을 길러줘야 해요."

갑자기 그는 지팡이를 쥔 손을 부들부들 떨며 큰일이라도 난 것처럼 소리를 질렀다.

"템플 선생, 저기 머리를 볶은 애는 누구요? 빨간 머리털을 볶은 애 말이오. 왜 본교의 교훈과 방침을 무시하고 저렇게 당당하게 세상 흉내를 내는 거요? 이 자선 학교에 다니면서 왜 저렇게 온통 머리를 볶느냐 말이오?"

"저 아이는 선천적으로 고수머리입니다."

템플 선생님은 침착하게 대답했다. 머쓱해진 그는 이제 학생들의 옷차림이 사치스럽다고 꼬투리를 잡았다. 그때 귀부인 세 사람이 학교를 방문했다. 브로클허스트 씨의 부인과 두 딸이었다. 그들은 벨벳에다 비단과 모피를 휘두른 사치스런 옷차림을 하고 있었다. 나는 브로클허스트의 눈에 띄지 않으려고 석판으로 얼굴을 가리려고 했다. 그런데 석판이 미끄러지면서 바닥에 떨어져 두 조각으로 깨지고 말았다. 나는 두려움에 떨면서 깨진 석판을 주우려고 허리를 굽혔다.

"조심성 없는 애로군. 이리 나오게 하시오!"

그가 큰 소리로 말했다. 나는 겁에 질려 온몸이 굳어져 그 자리에서 꼼짝할 수 없었다. 아이들이 나를 부축해서 일으켜 세웠고, 뎀플 신생님이 재빨리 다가와 내 손을 부드럽게 잡고는 브로클허스트 씨 앞으로 데리고 가면서 내게 속삭였다.

"제인, 두려워할 것 없어. 그건 실수야."

브로클허스트 씨는 높은 의자를 가리키며 나에게 그 위에 올라서라고 했다.

"보시는 바와 같이 이 학생은 아직 어립니다. 겉모습은 보통 아이와 같지요. 그런데 이 아이가 악마의 아이라고 누가 상상이나 하겠습니까? 하지만 슬프게도 그것은 사실입니다."

브로클허스트 씨가 말을 잠시 멈췄다. 나는 마비된 신경을 풀어보려고 안간힘을 썼다. 이 고통에 용감하게 맞서야 한다는 생각이 들었기 때문이다.

"여러분, 유감스럽지만 나는 여러분을 위해 이 말을 해야겠습니다. 여러분은 이 아이를 경계해야 할뿐더러 절대로 이 아이를 본받아서도 안 됩니다. 그리고 선생님들은 이 아이를 잘 감독해주십시오. 왜냐하면 이 아이는 거짓말쟁이기 때문입니다."

브로클허스트 씨의 이 말에 교실 안이 술렁거렸다. 여기저기서 "참 기막히군!" 하는 소리가 새어나왔다. 나는 바닥에 주저앉아 엉엉 소리 내어 울었다. 흐느끼는 내 곁으로 헬렌이 다가왔다.

"제인, 너를 거짓말쟁이로 여기지 않아. 네 양심에 부끄러운 게 없으면 되는 거야."

템플 선생님이 우리를 그녀의 방으로 데리고 가서 울고 있는 나를 위로해주었다.

"앞으로 잘하면 돼. 제인, 계속해서 착하고 정직한 아이가 되도록 노력해. 그런데 브로클허스트 씨가 말한 네 은인이란 분이 누군지 얘기해주겠니?"

"제 외숙모인 리드 부인이에요. 외삼촌이 돌아가시면서 저를 리드 부인에게 부탁하셨대요."

나는 그날 템플 선생님에게 나의 슬프고도 우울한 이야기를 모두 털어놓았다. 물론 붉은 방의 에피소드도 빼놓지 않았다. 템플 선생님은 한동안 나를 바라보더니 말했다.

"로이드 씨라면 나도 좀 알고 있다. 그분에게 편지를 써야겠구나. 그분의 회답이 네 말과 일치하면 너는 누명을 깨끗이 벗게 되는 거야. 제인, 넌 이제 곧 결백이 밝혀질 거야."

이튿날 아침 스캐처드 선생님은 헬렌의 서랍이 어질러져

있는 것을 보고 "게으름뱅이"라고 써서 헬렌의 이마에 경고장 처럼 붙여주었다. 헬렌은 화도 내지 않고 그것을 이마에 달고 다녔다. 나는 스캐처드 선생님이 나가자마자 그것을 찢어 난롯불에 넣어버렸다. 체념한 헬렌의 표정을 보자 가슴이 몹시 쓰렸다.

그로부터 일주일 후 템플 선생님은 로이드 씨로부터 답장을 받았다. 템플 신생님은 전교생을 모아놓은 사리에서, 나에 대한 비난을 조사해본 결과 내게 어떤 잘못도 없다는 것을 알려주게 되어 기쁘다고 말했다. 그러자 다른 선생님들도 내 손을 잡아주었고, 순식간에 기쁨의 속삭임이 학생들 사이로 퍼져나갔다. 그래서 나는 슬프고도 무거운 짐을 벗을 수 있게 되었다. 그 후 나는 어떤 일이라도 극복해나갈 각오로 열심히 공부를 했고 친구도 많이 사귈 수 있었다.

헬렌과 템플 선생님과의 작별

화창한 5월이 되었지만, 로우드 학교 주변의 숲으로 둘러싸인 골짜기는 안개와 그 안개가 길러낸 유행병인 티푸스균의 온상지가 되었다. 몇몇 아이들은 티푸스균에 감염되어 집으로 돌아갔고, 또 몇몇 아이들은 그 전염병으로 죽기도 했다. 그동안 헬렌은 전염병이 아닌, 계속 앓아오던 폐병이 악화되어 몇 주 전부터 격리 생활을 하고 있었다. 나는 간호사로부터 헬렌이 많이 아프다는 말을 듣고 공포와 함께 비애의 전율을 느꼈다. 나는 헬렌의 침대 가까이로 갔다.

"헬렌, 깨어 있니?"

헬렌이 침대 커튼을 젖히고 창백한 얼굴로 나를 바라보았다.

"아, 제인! 어떻게 왔어? 이렇게 늦은 시간에……."

"네가 보고 싶어서 왔어. 헬렌, 네가 많이 아프다는 얘기를 들었어. 너를 보기 전에는 도저히 잠을 잘 수 없을 것 같았어."

"작별인사를 하러 왔구나. 잘 왔어, 늦기 전에……."

"헬렌, 어디로 가려고 그래? 집으로 갈 참이야?"

"응, 먼 내 집으로…… 내 마지막 집으로."

나는 그녀를 잃는다는 생각에 눈물이 났다.

"제인, 너 맨발이구나. 내 침대로 들어와. 나랑 같이 이불 속에 누워."

우리는 이불 속에서 한참 동안 서로 껴안고 있었다. 이윽고 헬렌이 속삭였다.

"제인, 난 참 행복해. 그러니까 내가 죽는다고 슬퍼하지 마. 병이 심해지긴 했지만 그다지 고통스럽진 않아. 내 마음은 평온해."

나는 도저히 헬렌과 헤어질 수 없을 것 같아 헬렌을 두 팔로 꼭 껴안고, 헬렌의 목에 내 얼굴을 묻었다. 헬렌은 더할 나위 없이 부드러운 목소리로 말했다.

"아주 포근하고 좋아. 이제 잠이 올 것 같아. 가지 말고 내 곁에 있어 줘."

"응, 함께 있을게. 헬렌! 염려 마."

우리는 서로 키스하고 곧 잠이 들었다. 내가 눈을 떴을 때는 이미 아침이었고, 누군가가 나를 안고 기숙사로 데려가는 중이었다. 이틀 후에야 나는 모든 것을 알게 되었다. 그날 새벽 템플 선생님이 서로 꼭 껴안고 침대에 누워 있는 나와 헬렌을 발견했는데, 그때 이미 헬렌은 숨을 거둔 뒤였다는 것이다. 내 친구 헬렌은 로우드 학교의 교회 묘지에 묻혔다.

나는 상급반에서 수석을 차지했고 교사의 지위에까지 올랐다. 그런데 그때 나에게 큰 변화가 생겼다. 지금까지 나의 어머니와 가정교사가 되어주시고 나중에는 친구도 되어주신 템플 선생님이 결혼을 해서 목사인 남편과 함께 먼 지방으로 떠나게 된 것이다. 그분이 떠난 후로 나는 더 이상 로우드에 머물고 싶지 않았다. 그곳을 떠나 새로운 생활을 개척해보고 싶어 가정교사 자리를 구한다는 광고를 냈다.

얼마 후 밀코트에 있는 손필드 저택의 페어팩스 부인이 가정교사를 원한다는 편지를 보내왔다. 열 살이 채 안 된 여자아이를 돌보는 일이었다. 나는 무엇보다도 남에게 부끄럽지 않은 정당한 대접을 원했다. 정든 로우드 학교를 떠나는 서운함과 미지의 세계에 대한 불안감으로 망설였지만, 결국 나는 그곳을 떠나기로 결심했다.

손필드 저택

손필드 저택에 들어서자 어떤 부인이 상냥하게·나를 맞아
주었다.

"어서 오세요. 오시느라 힘드셨죠?"

"페어팩스 부인이신가요?"

"예, 그렇습니다."

그녀는 친절하게도 손수 촛불을 들고 앞장서서 2층으로
올라갔다. 내 방은 페어팩스 부인의 옆방이었는데 현대식 가
구로 잘 꾸며져 있었다. 다음 날 눈을 떠보니 밖이 벌써 환하
게 밝아 있었고, 커튼 사이로 햇살이 들어와 내가 누워 있는

『제인 에어』 탄생의 배경이 된
영국의 하워스(Haworth) 지방.

침실을 비추고 있었다. 로우드 학교의 더러운 방과는 달리 깨끗한 방을 보니 내 앞날도 밝아지는 것 같았다.

"로체스터 씨가 자주 오셔야 할 텐데."

"로체스터 씨라니요? 그분이 누군데요?"

"손필드의 주인이십니다. 이 집 주인이 로체스터 씨란 얘기를 못 들으셨어요?"

"전 손필드가 부인의 저택인 줄 알았습니다."

"당치도 않아요. 나는 관리인에 지나지 않아요. 로체스터 씨와는 외가 쪽으로 먼 친척뻘이긴 하지만……."

"그럼 제가 가르칠 아델이라는 아이는요?"

"주인 양반이 ○○주에서 그 아이를 기를 작정으로 데려오셨죠. 그분이 그 애를 위해 가정교사를 구하라고 하셨어요."

이 상냥한 부인이 나와 마찬가지로 이 집의 고용인이라는 사실을 알게 되자, 나는 더욱 친근감이 느껴졌다. 그때 일고여덟 살쯤으로 보이는 조그마한 소녀가 보모와 함께 잔디밭을 가로질러 왔다.

"소피, 이분이 제 선생님이에요?"

그 애는 프랑스어로 옆에 있는 보모에게 물었다.

"그래요, 아가씨."

보모도 프랑스어로 대답했다. 나는 이들이 주고받는 유창한 프랑스어에 깜짝 놀랐다.

"아니, 이분들은 프랑스에서 오셨나요?"

"아델은 프랑스에서 자랐어요. 처음 이곳에 올 때만 해도 영어는 한마디도 못했답니다. 지금도 프랑스어와 섞어서 의사소통을 하지요."

나는 아델과 함께 식당으로 가면서 물었다.

"아델, 아주 어렸을 땐 누구하고 살았니?"

"아주 오래 전엔 엄마와 함께 살았어요. 엄마는 제게 춤과 노래와 시 읽기를 가르쳐주었어요. 엄마가 가르쳐준 노래를 지금도 부를 수 있어요."

아델은 제법 멋을 내면서 어느 오페라의 한 대목을 불렀다. 그것은 어린아이에게는 적절하지 못한, 버림받은 여자의 노래였다.

식사 후에 나는 아델과 서재로 갔다. 아델은 규칙적인 생활에 익숙하지 않아 보였다. 처음부터 지나친 속박은 좋을 것 같지 않아 이야기를 많이 들려주고 공부는 조금만 시켰다.

오전 수업을 끝내고 복도로 걸어가는데, 페어팩스 부인이 청소를 하고 있었다. 나는 그녀에게 물었다.

"로체스터 씨는 까다로운 분이신가요?"

"그렇지는 않지만 성격이 깔끔하셔서 정돈이 잘된 것을 좋아하시지요."

"주인님을 좋아하세요? 누구나 호감이 가는 분인가요?"

"그럼요. 이 지방 토지는 거의 다 로체스터 씨 소유랍니다. 그래서 누구나 그를 존경하지요."

"어떤 성격을 지닌 분인가요?"

"성격이 좀 유별나기는 하지만, 아무튼 훌륭한 분입니다. 여행을 많이 하셔서 두루 세상 물정에 밝으신 편이죠."

페어팩스 부인이 다락방 문을 닫는 동안 나는 계단을 내려와 3층 복도에 서 있었다. 그 순간 어디선가 기묘한 웃음소리가 들려왔다. 슬프고도 음산한 웃음소리가 몇 차례 반복되더니 이윽고 멎었다.

"페어팩스 부인! 저 요란한 웃음소리 들으셨죠? 누가 웃은 거죠?"

"아마도 그레이스 풀일 겁니다. 그레이스, 그만해!"

부인이 소리쳤다. 그레이스는 잠자코 허리만 굽히더니 안으로 들어갔다.

"재봉 일도 하고 또 하녀 일도 돕는 여자랍니다. 가끔 심통을 부리지만 일은 잘하는 편이지요. 자, 제 방으로 식사하러 가시지요."

페어팩스 부인은 아무렇지도 않다는 듯이 오늘 아침에는 새 학생이 어땠느냐며 아델 쪽으로 화제를 돌렸다.

로체스터를 만나다

아델은 영리하지는 않지만 순진했고, 페어팩스 부인을 비롯한 집안사람들 모두 선량한 사람들이었다. 하지만 나는 삶에서 무언가 부족함을 느꼈다. 더 훌륭한, 보다 더 나은 삶을 원했다.

사람들은 안온한 생활에 만족하지 못한다. 특히 여성들은 평온한 존재라고 생각한다. 그러나 여성도 남성과 똑같은 감정을 가지고 있고, 그들의 오빠나 남동생들처럼 자기 능력과 노력을 발휘할 곳을 필요로 한다. 너무도 가혹한 속박, 너무나 완전한 침체에 괴로워한다는 점에선 여성도 남성과 하등의 차이가 없다. 여성들이란 집 안에 들어앉아서 푸딩이나 만들고 양말이나 짜고 피아노나 치고 가방에 수나 놓아야 한다고 말하는 것은 보다 많은 특권을 누리고 있는 남성들의 지각 없는 생각에 지나지 않는다. 관습에 얽매여 여성들이 필요로 하는 것 이상으로 구하고 또 배우려고 하는 여성을 비난하거나 비웃는 것은 좋지 못한 일이다.

어느 날 오후 페어팩스 부인이 편지를 써놓고 미처 부치지 못했다고 하기에, 난 자청해서 헤이 마을 우체국에 갔다 오겠다고 했다. 추운 날씨에 걸어가다가 들판으로 내려가는 층계에 앉아 잠시 쉬고 있었다. 그런데 갑자기 멀리서 시끄러운 소리가 들려왔다. 잠시 후 어떤 남자를 태운 말이 보였다. 몇 발자국 가다가 나는 다시 뒤돌아보았다. 뭔가 미끄러지는 소리가 나고 곧이어 사람의 비명 소리가 들렸기 때문이다. 얼어붙은 길에 사람과 말이 함께 넘어져 있었다. 나는 황급히 달려가서 일어나려고 애쓰는 그 남자에게 말했다.

"어디 다치신 데는 없어요? 도와드릴까요?"

"옆으로 비키시오."

그는 무릎을 세우고 발에 힘을 주어 일어나면서 말했다. 발버둥 치던 말도 그를 따라 일어섰다. 그는 절뚝거리며 나무 그루터기로 가서 주저앉았다. 나는 그에게 다가서서 다시 물었다.

"도움이 필요하면 사람을 불러드릴게요."

"고맙소. 하지만 염려 말아요. 발을 약간 삔 것뿐이니까."

그때 나는 환한 달빛 아래서 그의 모습을 똑똑히 볼 수 있었다. 서른다섯 살쯤 돼 보이는 그 남자는 보통 키에 건장한 몸집의 무뚝뚝한 인상이었다. 빼어나게 잘생긴 미남도 아니고 또 나를 친절하게 대하지도 않았기 때문에 오히려 나는 마음이 편해져서 또다시 그를 돕겠다고 말했다.

"이렇게 늦은 시간에 아무도 없는 곳에서 그냥 지나갈 수가 없군요. 말을 타고 가시는 것을 직접 보기 전에는……."

그제야 그는 나를 똑바로 바라보며 물었다.

"어디에 사시죠?"

"로체스터 씨 댁에 살고 있습니다."

"로체스터 씨를 아십니까?"

"아뇨, 한 번도 뵌 적이 없습니다."

"하녀는 아닌 것 같고…… 그 집에서 무슨 일을 하시오?"

"전 가정교사입니다."

"아아, 가정교사! 참 그랬었지. 깜빡 잊고 있었군!"

그는 중얼거리며 내 모습을 훑어보는 눈치였다. 잠시 후 그는 다시 발을 내디뎠으나 곧 괴로운 표정으로 나를 쳐다보았다.

"괜찮다면 좀 도와주시오."

가까이 다가가자 그는 내 어깨를 짚고 일어서서 절뚝거리며 말 곁으로 갔다. 말안장에 힘겹게 올라앉은 후 그는 내게 고맙다는 인사를 하고는 말을 재촉해 어디론가 사라졌다.

이튿날부터 손필드 저택은 분위기가 완전히 바뀌었다. 쉴 새 없이 손님들이 들랑거렸으며, 응접실로 쓰는 서재에는 떠들썩한 소리가 끊이질 않았다.

오후가 되자 날씨가 흐려지고 눈보라가 치기 시작했다. 저녁 무렵에야 아래층이 조용해졌다. 나는 책을 덮고 아델에게 아래층으로 내려가도 좋다고 허락했다. 그때 페어팩스 부인이 들어와서 말했다.

"주인님께서 선생님을 잠시 만나 인사를 나누고 싶어 하십니다."

나는 옷을 갈아입고 서재로 들어갔다. 그의 질문이 시작되었다.

"에어 선생, 전에는 어디 계셨소?"

"로우드 학교에 있었습니다."

"아, 그 자선 학교 말이오? 거긴 얼마나 계셨소?"

"8년 있었습니다."

"8년이나 그곳에 있었다고? 인내심이 많은 분이군. 그런데 부모님은?"

"두 분 다 안 계십니다."

그는 친척은 있는지도 물었고, 나는 아무도 없다고 대답했다. 그러자 그는 손필드에는 어떻게 오게 되었는지 물었다.

"누가 여기를 추천했습니까?"

"제가 광고를 냈더니 페어팩스 부인이 연락하셨습니다."

"로우드에 간 건 몇 살 때였소?"

"10살 때였습니다."

"그럼 당신은 지금 18살이군. 산술은 이래서 좋단 말이야. 피아노 칠 줄 아시오?"

"조금 칩니다."

"그럼 피아노에 앉아 한 곡 쳐봐요."

나는 그의 말대로 피아노를 쳤다. 몇 분 후 그가 소리쳤다.

"됐어요! 보통 수준보단 조금 낫군 그래."

"오늘 아침에 아델이 당신이 그린 것이라며 스케치 몇 장을 보여주었소. 정말 당신이 그린 게 맞소? 아니면 어디서 베낀 거요?"

"제 머리로 생각해낸 겁니다. 제가 그린 거예요."

그는 내가 그린 수채화 세 장을 펼쳐놓고 자세히 들여다보았다. 익사한 송장, 어둡고 야성적인 눈을 가진 별, 빙산 위에서 쉬고 있는 거대한 사람의 머리를 그린 것이었다. 로체스터 씨가 내게 물었다

"그림을 그리면 마음이 행복하나요?"

"제가 평소에 느껴보지 못한 격렬한 즐거움을 느낄 수 있어요."

그는 내 그림을 계속 들여다보면서 몹시 감탄했다. 그것으로 그날 로체스터 씨와의 대화는 끝났다.

"로체스터 씨는 결코 평범한 분은 아니시네요."

나는 계속 페어팩스 부인에게 물었다.

"무슨 심적 고통이라도 있나요?"

"예, 그분은 가족 문제로 좀 그런 게 있어요."

"하지만 가족이 없잖아요?"

"지금은 없지만 몇 년 전에 형님이 돌아가셨지요."

"형님이라고요?"

"그분의 선친은 돈을 중히 여겨 가족의 재산을 하나로 묶어놓았죠. 분배하는 것을 싫어하셨어요. 그래서 그분의 맏형이 유산을 거의 다 상속받았지요. 그것 때문에 로체스터 씨는 가족과 다투었고, 그래서 여행을 많이 하게 되셨어요."

페어팩스 부인의 말은 어딘가 석연치 않았지만 더 이상 알 수는 없었다.

머칠 후 로체스터 씨는 내게 가까이 앉으라고 권하고는 묵묵히 난롯불만 바라보고 있었다. 그래서 나는 그의 얼굴을 자세히 뜯어볼 수 있었다. 잠시 후 그가 갑자기 나를 돌아보며 말했다.

"내 얼굴을 보니 어떠오? 나를 미남이라고 생각하오?"

"아, 아닙니다."

전혀 예상하지 못한 질문에 나는 바보처럼 대답하고 말았다.

"당신은 참 특별한 데가 있군. 단정하고 성실하고, 또 내 질문에 서슴없이 대담한 대답을 하는구러."

"전 주인님을 평하고 싶진 않습니다. 용서하십시오."

"몹시 당황한 표정이군, 에어 선생. 내가 미남이 아닌 것처럼 당신도 그리 미인은 아니오. 하지만 당황해하는 모습은 마음에 드는구려. 그건 그렇고, 난 오늘밤에 어쩐지 사람이 그립소! 누구하고든 얘기를 나누고 싶단 말이오."

"제가 할 수 있는 일이라면 기꺼이 해드리고 싶습니다. 하지만 저는 주인님이 어떤 것에 흥미를 갖고 계시는지 모릅니다. 그러니 질문을 하시면 진심으로 대답해드리겠습니다."

그날 밤 그는 자신의 생각에 대해 많은 이야기를 했으며, 내 생각도 물어보았다. 가끔 내 의견과 다를 때도 있었지만 그는 그것을 더 즐거워하는 것 같았다. 그는 자세히 설명하지는 않았지만 무언가 괴로운 일이 있는 듯 이런 말도 했다.

"나는 운명에 짓밟혀버렸다오. 더 일찍 정신을 가다듬지 못했던 게 후회스럽소. 에어 선생, 후회할 일은 하지 마시오. 후회는 인생을 좀먹는 독과 같은 것이오."

"후회하고 잘못을 뉘우치면 구원받을 수 있지 않습니까?"

"후회는 치료책이 될 수 없어요. 나는 행복하지 못했소. 지금이라도 난 잃어버린 행복을 찾고 싶소."

나는 로체스터 씨의 얼굴에 어딘지 모르게 슬픔이 깃들어 있다고 생각되었다.

한밤중의 불

나는 로체스터 씨가 잘못했다는 것이 무엇인지 금방 알수 있었다. 그가 젊은 시절 프랑스 무용가인 셀린과의 애정 행각에 대해 내게 들려주었기 때문이다. 셀린이 그를 사랑하는 줄 알았는데 다른 남자와 교제하고 있었고, 그녀에 대한 경멸감에 그녀와의 관계를 끝냈다고 했다. 그리고 셀린은 그녀 자신이 낳은 아델을 그의 딸이라고 우겼지만 그건 사실이 아니며, 단지 버림받은 아델이 가여워 자신이 맡게 되었다고 했다.

나는 로체스터 씨의 이야기를 들으면서 어떤 희열을 느꼈다. 그의 태도는 내가 구속되었다는 느낌에서 벗어나게 해주었다. 나는 그의 다정하고 솔직한 태도에 끌렸다. 주인이라기보다 친척 같다는 느낌이 들었다. 그는 때로는 오만하게 굴기도 하고, 때로는 침울한 기분에 젖어 있기도 했다. 그 이유는 알 수 없었다.

'어째서 그는 행복해 보이지 않는 걸까? 왜 손필드의 저택에 안주하지 못하고 떠돌아다니는 걸까?' 어느새 나의 관심은 온통 로체스터 씨에게 가 있었다.

설핏 잠이 들었다가 나는 소스라치게 놀라 일어났다. 그 소리는 악마의 웃음소리 같았다. 그 소리가 마치 내 방 안에서 나는 것처럼 가까이 들려 나는 떨리는 손으로 방문을 잠갔다.

"누구세요?"

나는 소리쳤다. 잠시 후 3층의 층계 쪽 문이 열리는 소리가 들리더니 주위는 다시 조용해졌다. '그레이스 풀? 그 여자는 악마에게 신들린 걸까?' 나는 페어팩스 부인에게 알릴 생각으로 급히 숄을 걸치고 밖으로 나왔다. 그런데 놀랍게도 복도 양탄자 위에 촛불 하나가 놓여 있었다. 그보다 더 놀라운 건 복도를 가득 메우고 있는 연기였다. 연기와 함께 뭔가 타는 냄새가 났다. 조금 열려 있는 로체스터 씨 방에서 연기가 구름처럼 새나오고 있었다. 순간 나는 생각할 겨를도 없이 로체스터 씨 방으로 뛰어 들어갔다. 불길은 이미 그의 침대 주변 커튼으로 번졌으나 로체스터 씨는 아직도 깊은 잠에 빠져 있었다.

"일어나세요! 일어나세요!"

나는 고함을 치며 그의 몸을 흔들어 깨웠다. 그러나 로체스터 씨는 정신을 잃은 듯 깨어나지 못했다. 불은 이불에까지 번졌다. 나는 재빨리 물동이에 물을 가득 담아 로체스터 씨의 침대에 끼얹었다. 가까스로 침대를 삼키려는 불길은 잡을 수 있었다. 물벼락을 맞고 깨어난 로체스터 씨가 놀라서 소리쳤다.

"홍수가 났나?"

"불이 났어요. 지금 막 불을 껐으니 어서 일어나세요."

"무슨 일이오? 당신은 에어 선생이 아니오?"

"어서 일어나세요. 촛불을 갖다드릴 테니…… 누가 불을 지른 것 같아요."

나는 복도에 놓인 촛불을 들고 왔다. 로체스터 씨는 옷을 걸치고 촛불을 높이 들어 자신의 침대를 비춰보았다. 불에 타서 새까맣게 그을린 벽과 물에 젖은 침대를 보며 로체스터 씨가 물었다.

"대체 무슨 일이 일어난 거야? 누구 짓이지?"

나는 이상한 웃음소리와 3층으로 올라가던 발걸음 소리 등 그날 밤 일어난 일들을 이야기했다. 심각한 표정으로 듣고 있던 로체스터 씨는 괴로운 듯 한동안 입을 열지 못했다.

"가서 페어팩스 부인을 부를까요?"

"아니오, 부를 필요 없소. 아무도 깨우지 말아요. 에어 선생, 내가 잠깐 나가 보겠소."

'왜 그는 집안사람들을 깨우지 않는 걸까? 왜 나보고 이 방에서 기다리라고 하는 걸까?' 나는 이런저런 생각을 하며 초조하게 그를 기다리고 있었다. 내 방으로 돌아가려고 막 일어서려는데, 다시 복도에 희미한 불빛이 비치고 이어 로체스터 씨의 발걸음 소리가 들렸다.

"괴상한 웃음소리를 들었다고 했던가? 그전에도 그 비슷한 웃음소리를 들은 적이 있소?"

"예, 3층에 있는 그레이스 풀의 웃음소리가 아닌가 싶어요. 좀 이상한 여자예요."

"그렇소. 그레이스 풀이오. 당신이 짐작한 대로 조금 별난 여자지. 오늘 밤 이 일을 알고 있는 사람은 당신하고 나뿐이오. 이번 일에 대해서는 아무에게도 발설하지 마시오. 자, 이제 방에 돌아가서 자도록 해요. 나는 서재로 가겠소."

내가 일어서려고 하자 그는 내 손을 감싸 쥐면서 말했다.

"당신을 처음 만났을 때 당신의 눈에서 읽었지, 당신이 나를 보호해줄 거라고…… 내 소중한 수호자, 잘 자요!"

내 방으로 돌아온 후에도 나는 쉽게 잠을 이룰 수 없었다. 내 마음은 근심과 함께 환희의 소용돌이가 출렁이고 있었다. 흥분으로 밤을 밝힌 나는 날이 밝자마자 침대에서 일어났다. 나는 로체스터 씨를 만나고 싶기도 하고 또 만나는 것이 두렵기도 했다. 그의 목소리를 듣고 싶었으나 그와 마주치는 것이 무서웠다. 나의 모든 신경은 그에게로 향하고 있었다.

손필드 저택 손님들

손필드 저택은 손님 맞을 준비를 끝냈다. 페어팩스 부인은 검은 공단 옷에 금시계까지 찼다. 아델도 호사스런 옷으로 갈아입었다.

내가 아델의 손을 잡고 응접실로 내려갔을 때, 귀부인들은 식사를 마치고 응접실로 들어서고 있었다. 이들 중에서 제일 눈에 띄는 귀부인은 잉그램 부인과 그 딸들이었다. 세 사람 모두 무척이나 아름다웠지만 몹시 거만한 표정을 짓고 있었다. 특히 블랑슈 잉그램의 날씬한 허리와 하얀 목덜미는 페어팩스 부인의 말대로 눈이 부셨다.

"안녕하세요?"

아델이 귀여운 표정으로 인사하자, 블랑슈 잉그램이 말했다.

"어머, 인형같이 귀엽게 생겼구나!"

"이 애가 프랑스에서 데려 온 아이인가 봐요."

아델은 영어와 프랑스어를 섞어서 이야기하며 재롱을 피웠다.

드디어 로체스터 씨가 들어왔다. 그의 모습을 본 순간 나는 그동안 마음속에 그에 대한 사랑의 싹을 키우고 있었음을 느꼈다. 그때 블랑슈 잉그램이 재빨리 로체스터 씨에게 다가가 물었다.

"로체스터 씨, 전 당신이 어린애들을 별로 좋아하지 않는 줄 알았는데요?"

"좋아하지 않습니다."

"그럼 저 아이를 어디 기숙사가 있는 학교에라도 보내시면 좋잖아요."

"그럴 여유가 없습니다. 학교는 돈이 많이 들어서요."

"어머나, 저 애를 위해 가정교사까지 두면서! 어디 있지? 벌써 기비렸나? 아, 저기 커튼 뒤에 있군요. 내 생각에는 그 편이 돈이 덜 들 것 같은데…… 두 사람 식비가 포함되니까요."

그 순간 나는 커튼의 그늘 속으로 더 파고 들어갔다.

"그 일에 대해서는 별로 생각해본 적이 없는데요."

로체스터 씨는 블랑슈 잉그램을 똑바로 쳐다보면서 무심하게 말했다.

"남자들은 경제나 상식 같은 덴 별로 신경을 쓰지 않으니까요. 우리 어머니 얘기를 한 번 들어보세요."

"가정교사 얘기는 하지도 마라. 가정교사란 말만 들어도 화가 난다. 그들의 무능함과 변덕에 질리고 말았어. 저 여자의 얼굴에도 그런 종류의 사람들이 갖는 결점이 쓰여 있어요."

나는 그 자리에 더 있을 필요가 없다는 생각에 살짝 옆문으로 빠져나왔다. 그때 뒤에서 문소리가 나더니 로체스터 씨가 서 있었다.

"그동안 잘 지냈소?"

"예, 잘 지냈습니다."

"거실에 있을 때 왜 내게 와서 말을 걸지 않았소?"

"상대가 계셔서 방해가 될 것 같아서요."

"그런데 전보다 안색이 나빠졌소. 에어 선생, 어디가 아픈 건 아니오?"

"아뇨."

그는 내 얼굴을 잠시 살펴보았다.

"어쩐지 몹시 우울해 보이는구려. 오늘은 내가 바쁘니 이만 헤어집시다. 그럼 안녕."

집시 노파

어느 날 로체스터 씨는 손님들을 저택에 그대로 둔 채 급한 볼일이 있다며 집을 나갔다. 그때 낯선 마차 한 대가 저택으로 들어왔다. 그는 로체스터 씨의 오래된 친구라고 자신을 소개했다. 메이슨이라는 그 신사의 말투는 외국어 억양은 아니지만 어쨌든 순수한 영어식 억양은 아니었다. 그는 이 집 손님들과 자연스럽게 이야기를 나눴는데, 그가 로체스터 씨가 살았던 서인도제도에서 왔다는 것을 알고 나는 무척 놀랐다.

차 마시는 시간이 되어 손님들이 이런저런 이야기를 나누고 있는데, 문이 열리더니 하인이 들어왔다. 그가 넨트 대령에게 무언가 속삭이자, 대령은 쾌활한 음성으로 말했다.

"여러분, 오늘 이 집에 이상한 집시 노파가 와서 여러분의 신수점을 봐주겠답니다. 어떻게 하시겠습니까?"

"필요 없어요. 내쫓아버려요."

잉그램 부인이 쌀쌀하게 말했다. 그러자 손님 중 누군가가 물었다.

"어떻게 생긴 사람이에요?"

"못생긴 할멈이에요. 까마귀처럼 새까만……."

"그럼 진짜 집시 할멈인가 봐. 우리 한 번 점을 쳐보기로 해요. 어서 가서 불러와요."

블랑슈 잉그램이 소리치자 이내 모두 흥분 상태가 되었다.

"제가 먼저 들어가 보겠어요."

블랑슈 잉그램은 마치 전쟁터에 나가는 장수 같은 태도로 응접실에서 나갔다. 조금 후 그녀는 상기된 표정으로 돌아왔다. 그리고는 의자에 깊숙이 앉은 채 더 이상 입을 열지 않았다. 얼굴에 불만이 가득한 표정으로 보아 별로 좋은 얘기는 듣지 못했음이 분명했다. 그때 하인이 내게로 와서 말했다.

"에어 선생님, 집시가 이 집 안에 아직 점을 치지 않은 숙녀가 한 분 더 있다고 합니다. 선생님을 가리키는 것 같은데 어떻게 할까요?"

"그럼 저도 한 번 가보겠어요."

나는 이런 뜻밖의 기회에 호기심을 느끼며 응접실을 나가 그 앞에 앉았다.

"당신도 점을 쳐보고 싶다고?"

집시 할멈이 내 얼굴을 날카롭게 쳐다보며 물었다.

"할머니, 먼저 말씀드리지만 전 점 따위 믿지 않습니다."

"뻔뻔스럽기는! 당신이 들어올 때부터 난 이미 그걸 알고 있었어."

"눈치가 빠르시군요."

"물론이지."

"그런 것도 점치는 데 필요하나요?"

"암, 특히 당신 같은 사람을 상대할 땐 더욱 그렇지. 그런데 조금도 떨고 있지 않군."

"왜 떨어야 하죠? 춥지도 않은데요."

"당신은 추운 거야. 병들어 있거든. 게다가 바보고……."

"무슨 근거로 그런 말을 하세요?"

"간단히 말해주지. 당신이 추운 건 외롭기 때문이야. 마음속에 있는 열정을 쏟을 기회가 없어. 병들어 있어. 왜냐면 인간에게 주어진 가장 훌륭하고 고상한 감정이 당신에게서 멀리 떨어져 있기 때문이지. 바보 같다는 건 마음속으로는 괴로우면서도 그 감정을 받아들이지 않고 상대에게 한 발짝도 가까이 다가가지 못하기 때문이야."

"이렇게 웅장한 저택에 고용된 사람이라서 그렇게 말씀하시는 거예요? 누구에게나 그렇게 말씀하시겠지요?"

"당신은 다른 사람과는 달라. 행복은 당신이 손을 뻗으면 닿는 곳에 있어. 그걸 잘 꿰맞추기만 하면 돼. 운명의 신이 약간 흩뜨려놓았을 뿐이니까."

"저는 수수께끼 같은 건 몰라요. 수수께끼 같은 건 풀 수도 없어요."

"운명이란 이마와 눈에 있는 거야. 더 자세히 듣고 싶으면 무릎을 꿇고 머리를 들어 봐."

나는 그녀가 시키는 대로 했다.

"요즈음 마음을 설레게 하는 어떤 희망이 있지? 당신의 미래와 관련해서 말이야."

"그런 거 없는데요."

"당신은 이 집 주인에게도 관심이 없다고 할 작정이오?"

"로체스터 씨가 곧 결혼하나요?"

"그럼, 저 아름다운 잉그램 양과…… 하지만 더 부유한 남자가 나타나면 로체스터 씨는 밀려나는 거지."

"그렇지만 할머니, 전 로체스터 씨의 운세를 들으러 온 게 아니라 제 운을 점치러 온 건데요."

"당신은 그걸 붙잡기만 하면 되는 거야."

노파의 말투며 몸짓이며 그 모두가 내겐 낯익은 것들이었다. 나는 노파의 얼굴을 자세히 보려 했지만 그녀는 모자를 깊숙이 눌러쓰고는 내게 나가라는 손짓을 했다. 그때 내 눈에 그녀의 손이 들어왔다. 그것은 주름 잡힌 노파의 손이 아니라 내가 사랑하는 사람의 손이었다. 나는 다시 한 번 집시의 얼굴을 보았다. 그러자 그는 체념한 듯 모자를 벗었다.

"어때? 에어 선생, 나를 알아보겠소?"

"왜 이러고 계세요?"

"나한테 속았지?"

"점쟁이 역할을 하면서 절 꾀어내려 하셨죠? 아니 끌어들이려고 하셨어요. 그건 온당하지 못해요."

"제인, 용서해주겠소?"

"제가 실수한 것이 없나 생각해보고 나서요. 제가 어리석은 짓을 저지르지 않았다면 용서해드릴게요. 아무튼 이건 옳지 못한 일이에요."

"에어 선생, 당신은 실수한 것이 없소. 아주 조심스러우면서도 분별력이 있었소. 그런데 그 심각한 미소는 무슨 뜻이오?"

"놀랍기도 하고 자축 같은 거죠. 이젠 돌아가도 되겠지요?"

"잠깐만 더 같이 있어 줘요. 그런데 손님들은 뭘 하고 계시오?"

"아, 깜빡 잊었군요. 외출하신 동안 손님이 한 분 오셨어요. 메이슨이라고…… 친한 친구라고 하던데요."

"뭐라고? 메이슨? 서인도제도!"

로체스터 씨는 자동인형처럼 중얼거리더니 갑자기 부들부들 몸을 떨며 내 손을 잡았다. 그는 얼굴이 잿빛이 되어 "메이슨"이라는 이름을 몇 번이나 되풀이했다.

"어디 몸이 불편하세요?"

"제인, 식당에서 포도주 한 잔 갖다 주구려. 아니 그보다 메이슨이 손님들과 뭘 하고 있는지 알아봐 주시오."

로체스터 씨는 당황한 기색으로 말을 이었다.

"제인, 거실로 가서 메이슨 씨에게 내가 방금 돌아왔는데 만나보고 싶어 한다고 말해줘요."

거실로 돌아온 나는 로체스터 씨가 말한 대로 메이슨 씨를 서재로 안내한 뒤 내 방으로 돌아와 잠을 청했다.

악마의 웃음소리

한밤중에 손필드 저택의 고요한 밤공기를 가르는 끔찍한

비명 소리가 들렸다. 나는 그 소리에 심장이 멎어버릴 것 같았다. 소리는 3층에서 나는 듯했고, 곧이어 내 방 바로 위에서 누군가가 격투를 하는 소리가 들려왔다. 잠시 후 또다시 다급한 신음 소리가 들렸다.

"사람 살려! 사람 살려! 로체스터, 제발 부탁이야, 좀 놓아줘."

나는 겁에 질려 겨우 옷을 갈아입고 복도로 나갔다. 다른 사람들도 모두 깨어나 공포에 질린 얼굴로 복도에서 웅성거렸다.

"무슨 일이지? 누가 다친 거야? 로체스터 씨는 어디 있지?"

3층으로 통하는 계단의 문이 열리면서 촛불을 든 로체스터 씨가 나타났다.

"여기 있습니다. 모두들 침착하십시오."

"아무 일도 아닙니다."

로체스터 씨는 하녀가 꿈을 꾸다가 소리를 지른 것이라고 했지만, 나는 단지 손님들을 안심시키기 위한 말이라는 것을 알 수 있었다. 다시 정적이 돌아왔고, 모두 잠 속으로 깊이 빠져들었다. 잠시 후, 조용히 문 두드리는 소리가 나더니 로체스터 씨의 속삭이는 듯한 음성이 들렸다.

"에어 선생, 깨어 있어요?"

"예."

"부탁이 있는데요. 혹시 당신 방에 소금과 약솜이 있소?"

"예, 있어요."

"그걸 챙겨서 같이 갑시다, 조용히."

나는 로체스터 씨를 따라 3층으로 올라갔다. 방에 들어선 로체스터 씨는 촛불을 내려놓으면서 나에게 잠깐 기다리라고 말한 뒤 그 안의 또 다른 방으로 들어갔다. 문틈으로 가느다란 불빛이 새어나왔다.

로체스터 씨가 들어가자, 날카로운 웃음소리와 함께 개들이 싸우는 것처럼 으르렁대는 소리가 들렸다. 처음엔 요란한, 그 다음엔 그레이스 풀의 독특한 악마와 같은 "아! 하!"라는 웃음소리가 들렸다. 그러나 잠시 후 로체스터 씨가 나오고 그 방의 문을 잠갔다.

"이리로, 제인!"

나는 로체스터 씨가 이끄는 대로 커튼이 쳐진 방의 안쪽으로 들어갔다. 커다란 소파 위에 한 남자가 웃옷을 벗은 채 앉아 있었는데, 얼굴은 마치 죽은 사람처럼 창백했고 셔츠의 한쪽 소매와 팔은 피투성이였다. 바로 메이슨이었다. 나는 환자의 입술에 물을 적셔주고 피를 닦아내면서 로체스터 씨가 의사를 불러올 때까지 기다렸다. 이윽고 로체스터 씨가 의사를 데리고 나타났다. 의사는 메이슨을 재빨리 치료했다.

"그녀가 나를 죽이려 했어. 그녀를 잘 부탁하네. 좀 친절하게 대해줘…… 오늘 밤 일은 도저히 잊을 수 없을 것 같아!"

메이슨은 울음 섞인 목소리로 말을 했다.

마침내 마차는 조심스럽게 새벽길을 달려갔으며, 그리고 잠시 후 메이슨과 의사의 모습이 사라졌다. 로체스터 씨가 내 곁으로 다가오더니 물었다.

"당신, 괴상한 밤을 보냈죠. 안색이 창백하군. 메이슨과 단 둘이 있을 때 겁나지 않았소?"

"그보다는 저 구석방에서 누가 뛰쳐나올까 봐 더 무서웠어요."

"그 방 문은 잠가두었는걸. 당신처럼 귀여운 새끼 양을 늑대 소굴에 남겨둔다면 난 경솔한 목동이 되겠지."

"그레이스 풀은 앞으로도 계속 여기서 살게 되나요?"

"그렇소. 하지만 그녀에게 마음 쓰지 않아도 돼요."

"하지만 저 여자는 주인님의 생명을 위협할 것 같은 생각이 들어요."

"제인, 밤을 새워 얼굴이 피곤해 보이는구려. 당신의 수면을 방해한 나를 저주할 테죠?"

"천만에요. 언제라도 제가 도움이 된다면 주인님을 도와드릴 수 있어요."

그와 나는 서로 다른 방향으로 걸음을 옮겼다.

리드 외숙모와의 재회

요사이 나는 일주일 동안 갓난아이 꿈을 꾸지 않은 밤이 하루도 없었다. 꿈속에서 나는 어린애를 두 팔로 안고 달래기도 하고 무릎에 앉혀 어르기도 했다. 마구 울고 보채는 아이가 꿈에 나타나기도 하고, 웃는 아이에 대한 꿈도 꾸었다. 내가 여섯 살 때 어느 날 밤 베시에게서 꿈에 어린애를 보면 자신이나 친척 중 누군가에게 재앙이 생길 징조라는 이야기를 들은 적이 있었다. 더 끔찍한 것은 베시가 그런 꿈을 꾼 날 어린 누이동생이 죽어 고향으로 갔다는 것이다.

어린애의 환상에서 깬 다음 날 오후, 뜻밖에도 손님이 찾아왔다는 전갈을 받고 나는 아래층으로 내려갔다. 아래층에는 하인처럼 보이는 사내가 검은 상복을 입고 서 있었다. 그가 말했다.

"아가씨, 저를 기억하실지 모르겠습니다만…… 로버트 리븐입니다. 오래 전 아가씨가 게이츠헤드에 계실 때 리드 부인의 마부였습죠. 존 도련님이 돌아가신 뒤 마님은 병이 악화되셨습니다. 마님은 눈 감기 전에 제인 아가씨를 데려와 달라고 하셨습니다."

로체스터 씨가 나를 발견하고는 곧 다가왔다.

"무슨 일이지, 제인?"

"죄송하지만 제게 한두 주쯤 휴가를 주셨으면 합니다."

"뭘 하려고? 어딜 가려고?"

"게이츠헤드의 외숙모님이 병석에 계신데, 저를 꼭 만나고 싶어 하신답니다."

"그래요? 얼마나 있을 작정이오?"

"가능하면 빨리 돌아오겠습니다."

로체스터 씨는 얄팍한 내 지갑을 보더니 웃으면서 50파운드를 주었다. 그는 내가 떠나는 것을 무척 아쉬워했다.

게이츠헤드에 도착한 나는 외숙모님이 누워 있는 침대 곁으로 다가가 휘장을 젖히고 그녀의 이마에 키스를 했다.

"제인 에어냐?"

"좀 이띠세요, 외숙모!"

전에 이곳을 떠날 때 다시는 리드 부인을 외숙모라 부르지 않겠다고 맹세한 일이 있었지만, 나는 그 맹세를 깨뜨리고 그녀의 손을 꼭 잡았다. 하지만 리드 부인은 내 손을 뿌리치고는 냉정하게 말했다. 나에 대한 그녀의 감정이 조금도 변하지 않았다는 것을 느낄 수 있었다.

"너 때문에 내가 얼마나 고통스러워했는지 아니?"

"왜 저를 그렇게 미워하셨어요, 외숙모?"

"난 네 어머니가 항상 싫었어. 남편의 하나밖에 없는 여동생이라 귀여움을 많이 받았거든. 내 남편의 사랑까지도 받고 말이야. 그런데 집안의 반대를 무릅쓰고 가난한 목사와 결혼하더니, 편히 살지도 못하고 죽어버리더군. 남편은 어린 너를 친자식처럼 돌보면서 귀여워했어. 심지어 남편은 죽기 전에 내게 널 잘 보살피겠다는 맹세까지 억지로 시켰어!"

외숙모는 흥분한 마음을 가라앉히지 못했다. 몸이 무척 쇠약해진 그녀는 나와 단둘이 있는 것을 확인한 후에야 숨을 몰아쉬며 말을 꺼냈다.

"제인, 나는 네게 잘못을 두 번이나 저질렀어. 한 번은 너를 친자식처럼 기르겠다고 맹세한 남편과의 약속을 어긴 것이고, 또 하나는…… 제인, 그 화장대 서랍에 있는 편지를 꺼내 읽어보렴."

3년 전 소인이 찍힌 편지의 내용은 이러했다.

죄송하지만 제 질녀인 제인 에어의 주소와 그 애의 소식을 알려주시기 바랍니다. 저는 재산을 많이 모았으나 물려줄 아내도 자식도 없습니다. 그래서 제 생전에 그 애를 양녀로 삼고 제가 죽은 후에는 그 애에게 저의 전 재산을 물려주고 싶습니다.

마데이라에서 존 에어로부터

"제인 네가 나한테 욕하고 저주했던 말을 잊을 수가 없었단다. 너에게 복수를 하고 싶었어. 그래서 나는 네가 로우드에서 전염병에 걸려 죽었다고 편지를 보냈지. 제인, 이제라도 네가 편지를 써서 내가 한 말이 거짓말이라고 하렴. 너만 아니었으면 내가 양심의 가책으로 이렇게 고통스럽지는 않았을 거야."

"외숙모, 저를 용서해주세요. 지난 일은 저도 후회하고 있어요. 그때는 제가 어렸고, 벌써 8, 9년 전의 일이에요. 지난 일은 모두 잊고 제게 키스해주세요."

나는 괴로워하는 불쌍한 여인의 볼에 입술을 댔다. 그러나 그녀는 나의 볼에 입을 대려고 하지 않았다. 그녀의 흐릿한 눈은 나의 시선을 피했다. 살아 있는 동안 줄곧 나를 미워했던 마음을 눈을 감으면서도 버리지 못했다. 로체스터 씨에게서 일주일 휴가를 얻었지만 벌써 한 달이나 지났다. 장례식이 끝나자 나는 곧바로 손필드로 향했다.

청혼

로체스터의 청혼

나는 기쁜 마음으로 손필드 저택의 문에 들어섰다. 로체스터 씨를 본 순간 온몸이 떨려서 잠시 그 자리에 멈춰 섰다.

"오, 제인!"

"외숙모님은 돌아가셨어요."

"한 달이나 떠나 있으면서 날 까맣게 잊고 있었나 보군."

나는 그를 다시 만난 것이 무척 기뻤다. 그러나 이제 곧 그가 잉그램 양의 남편이 된다고 생각하니 공포와 함께 슬픔이 밀려왔다. 그날 밤 나는 앞날에 대해선 걱정하지 않기로 했다. 로체스터 씨도 결혼에 대해 아무 말이 없었고, 몰래 그의 표정을 살펴보았지만 아무런 변화도 느낄 수 없었다. 내가 우울해 있을 때면 그는 나를 즐겁게 해주려고 애썼다. 그가 내게 이처럼 친절히 대해준 적은 없었다. 나도 지금처럼 그를 애타게 사랑해본 적이 없었다.

어느 날 로체스터 씨와 나는 월계수 산책로를 따라 걸었다. 그가 먼저 입을 열었다.

"손필드의 여름은 좋지요?"

"네, 그래요. 전 여기가 정말로 좋아요."

"여기 있는 사람들과 헤어지면 섭섭하겠지요?"

"네."

"안됐군요! 그러나 이런 일은 종종 인생에서 일어나는 일이지요."

"그럼 전 손필드 저택을 떠나야 하나요?"

"그래야만 할 것 같소! 미안해요, 제인 에어."

"할 수 없지요. 그럼 말씀만 하시면 언제든 떠나겠어요."

"지금 당장, 오늘밤에 그 명령을 내려야 할 것 같소."

"결혼하려고 하시는군요?"

"한 달 후면 나는 신랑이 돼요. 그래서 당신을 위해 멀리 아일랜드의 한 저택에서 딸을 가르치는 일자리를 알아보았소."

로체스터 씨와 나 사이에 가로놓인 바다—재산, 계급, 인습—를 생각하니 내 가슴은 더욱 아팠다. 나는 더 이상 참을 수 없어 흐느껴 울었다.

"전 손필드를 사랑해요. 제가 당신에게서 영원히 떨어져 나간다고 생각하니 가슴이 찢어질 것 같아요."

"제인 에어, 그건 나도 마찬가지요. 당신과 함께 있을 수 있다면……."

"하지만 당신은 고귀하고 아름다운 잉그램 양과 곧 결혼하시잖아요."

나는 치밀어 오르는 분노를 간신히 참으며 말했다.

"당신에게 아무것도 아닌 존재가 되기 위해서 제가 여기 이대로 남아 있을 줄 아세요? 제가 무슨 자동인형인 줄 아세요? 아무 감정도 없는 기계인 줄 아세요? 제가 가난하고 미천하고 못생겼다고 해서 영혼도 감정도 없다고 생각하세요? 잘못 생각하신 거예요! 저도 당신과 마찬가지로 영혼도 있고 똑같은 감정도 가지고 있어요. 그리고 제게 복이 있어서 조금만 예쁘고 부유하게 태어났다면, 제가 지금 당신 곁을 떠나기 힘들어 하는 만큼 당신도 저와 헤어지는 것을 괴로워할 수도 있어요. 저는 지금 관습이나 인습에 따라 말씀드리는 것도 아니고 육체를 통해 말씀드리는 것도 아녜요. 제 영혼이 무덤 속을 지나서 하나님의 발아래 있는 것처럼, 당신과 동등한 자격으로 말하는 거예요. 지금 우리는 동등해요!"

"지금 동등하다! 그래 맞아요."

그는 나를 끌어안더니 그의 입술을 내 입술에 갖다 댔다.

"그런데 당신은 당신보다 열등한 사람, 서로 아무런 공감도 느끼지 않는 사람과 결혼하려고 해요. 당신은 잉그램 양을 사랑하지 않아요. 그녀를 멸시하는 것을 저는 많이 봐왔어요. 전 그런 결합을 경멸해요. 그래서 제가 당신보다 나은 거예요. 절 놓아주세요."

"제인, 마치 제 털을 뽑아내는 사나운 미친 새 같군."

"전 새가 아니에요. 그물로도 잡을 수 없고요. 저는 자주적 의지를 가진 자유로운 사람이에요."

내 말이 끝나고 한참 후에야 로체스터 씨가 입을 열었다.

"제인, 나는 당신을 나의 아내로 삼고 싶소. 제인, 내가 결혼하고 싶은 사람은 바로 당신이오. 내 신부는 여기 있소. 제인 나와 결혼해주겠소?"

그는 나를 끌어당기며 말했다. 나는 대답하지 않았다. 나로선 도저히 믿을 수가 없었다.

"내 말을 믿지 못하겠소?"

"믿을 수 없어요. 잉그램 양은요? 그분과 결혼하는 게 아니었나요? 당신의 신부가 우리 사이를 가로막고 있잖아요."

"정말 내 말을 못 믿겠소? 나는 잉그램 양을 사랑한 적이 없소. 그 여자는 내 재산에만 관심이 있소. 내 재산이 지금의 3분의 1밖에 안 된다는 헛소문을 퍼뜨렸더니 잉그램 부인과 블랑슈 잉그램은 나를 냉대했소. 나는 원래 그 여자와 결혼할 마음도 없었고 결혼하지도 않을 거요. 나는 내 몸과 같이 당신을 사랑하오. 가난하고 미천하고 조그맣고 예쁘지도 않은 당신에게 나를 남편으로 맞아줄 것을 간청하고 있소."

"정말로 내게 하시는 말씀인가요? 이 세상에서 친구라고는 당신 한 사람밖에 없고, 당신이 준 월급 외에는 아무것도 없는 저를요?"

나는 그의 진지함에 놀라서 외쳤다.

"제인, 내 청혼을 받아줘요. '에드워드' 하고 내 이름을 불러봐요. '당신과 결혼하겠어요' 라고 어서 말해요!"

"진정이세요? 당신이 정말 저를 사랑하고 저와 결혼하기를 원하세요?"

"그렇소. 맹세하라면 그렇게 하리다."

"그렇다면 당신과 결혼하겠어요."

"에드워드라고 불러요. 내 아내여!"

"사랑하는 에드워드!"

바로 그때 비가 심하게 내렸고, 우리는 흠뻑 젖은 채 집으로 돌아왔다.

다음 날 아침 눈을 떴을 때 나는 지난밤 일이 꿈이 아닌가 생각되었다. 로체스터 씨를 다시 만나 사랑의 맹세를 들을 때까지는 실제로 있었던 일이라고 믿을 수가 없었다. 이제 우리의 아침 인사는 포옹과 키스가 되었다.

"머지않아 당신은 제인 로체스터가 되는 거예요. 한 달 후에 결혼하는 거요. 그 이상은 단 하루도 연기할 수 없소. 오늘부터 일을 시작해야 하오. 런던 은행에 편지를 써서 은행에 보관된 보석들을 보내달라고 했소. 하루 이틀 후면 당신 무릎에 안길 거요."

"오, 제발! 보석 같은 건 신경 쓰지 마세요. 제인 에어에게 보석이란 어울리지 않아요. 없는 것이 나아요."

"아니오! 나는 당신 목에 직접 다이아몬드를 걸어주겠소. 그 이마를 보석으로 장식해주고, 팔목엔 팔찌를, 손가락엔 반지를 끼워줄 거요."

"아뇨, 안 돼요! 그런 일은 생각지 마세요. 저를 마치 미인이라도 되는 양 말씀하시지 마세요. 저는 평범한 퀘이커교도와 같은 가정교사일 뿐이에요."

로체스터 씨가 나를 광대 옷을 입은 원숭이로 만들려고 하는 것 같아 걱정이 되었다. 그는 나를 "천사"라고 부르면서 온갖 호의를 베풀려고 했지만 나는 그런 그가 못마땅했다. 그의 호의가 지속되지 않을까 두렵기도 했다.

"아마 결혼하고 나면 당신의 사랑은 길어야 여섯 달일 테고, 그 이후에는 거품이 되어 스러지겠지요. 남자들 책에서 읽었어요."

"그렇지 않아요. 내 입에서는 사랑한다는 말이 계속 나올 거요. 내 본심을 말하자면 잉그램 양에게 구혼하는 체하면서 내가 당신을 사랑하는 만큼 당신도 나를 사랑하게 만들고 싶었소. 당신의 질투심을 이용해 내 목적을 달성하려고 했소."

"그럼 잉그램 양의 기분은 전혀 고려하지 않았군요. 당신은 이상한 책략가의 소질이 있군요."

나의 이 말에도 그는 아랑곳하지 않고 계속 내게 사랑의 눈길을 보냈다.

어느 날 나는 로체스터 씨와 결혼에 필요한 물건들을 사기 위해 아델과 함께 밀코트에 가게 되었다. 나는 비단과 보석을 파는 상점에서 마치 '인형'이 된 기분을 느꼈다. 그는 내게 화려한 비단옷을 여러 벌 고르라고 명령했다. 나는 내키지 않아 제발 나중으로 미루자고 사정했지만, 그는 지금 꼭 사야 한다고 우기면서 화려한 옷들을 골라주었다. 하는 수 없이 나는 수수한 검은 공단옷과 은색 비단옷을 샀다. 나는 집으로 돌아오면서 마데이라에 있는 존 삼촌에게 편지를 써야겠다고 생각했다. 그게 언제이든 삼촌이 돈을 보내줄 수 있다면 로체스터 씨의 호의를 좀 더 마음 편하게 받을 수 있으리라는 판단에서였다.

로체스터 씨는 늘 내게 미소 띤 얼굴로 대했다. 그런데 그의 미소가 마치 황금과 보석으로 치장해놓은 여자 노예를 바라보는 술탄의 미소 같다는 생각이 들었다.

"그런 식으로 보실 필요 없어요. 그러시면 전 언제까지나 로우드 시절에 입던 낡은 옷만 입겠어요. 이 보랏빛 줄무늬 무명옷을 입고 결혼할 거예요. 은색 비단옷으로는 당신 잠옷이나 만들고, 검은색 공단옷으론 당신 조끼나 몇 벌 만들면 되겠네요."

그는 껄껄 웃으면서 두 손을 비비며 큰 소리로 말했다.

"아아. 당신을 보면서 그런 이야기를 듣고 있으니 기분이 참 좋군! 난 이 조그마한 영국 아가씨를 터키 황제의 아름다운 후궁들을 전부 다 준데도 바꾸지 않겠어."

터키 후궁과의 비유가 또 내 귀에 거슬렸다.

"전 터키 후궁의 대역 같은 노릇은 안 하겠어요. 그러니 절 그런 사람들과 똑같이 보지 마세요. 만약 그런 류의 여자가 좋으시면 지체 마시고 이스탄불의 노예 시장으로 가세요. 그리고 여기서 어떻게 쓸까 고민하는 그 돈으로 노예들이나 구매하세요."

"그럼 당신은 뭘 할 거요, 제인? 내가 검은 눈을 가진 수많은 육체를 흥정하는 동안."

"당신의 후궁 여자들을 포함해서 노예가 된 사람들에게 자유를 가르치는 선교사가 되겠어요. 저는 후궁에 들어가서 주인에게 반항하도록 그들을 선동하겠어요. 당신은 높으신 양반이긴 하지만 순식간에 우리 손에 결박당할 테죠."

"당신의 자비심에 나를 맡겨야겠군, 그러면 제인, 도대체 무얼 어떻게 해달라는 거요?"

"전 그저 마음이 편안해지고 싶을 뿐이에요. 감당 못할 은 혜는 받고 싶지 않아요. 셀린 바랑스에 대해서 하신 말씀 생 각나세요? 당신이 선물하셨다는 다이아몬드나 캐시미어 같 은 거요. 저는 당신의 영국판 셀린이 되기 싫어요. 저는 지금 까지와 마찬가지로 아델의 가정교사 노릇을 하겠어요. 그것 으로 제 식사와 거주 문제는 해결되고 일 년에 30파운드씩 벌 수 있으니 그 돈으로 옷을 사 입을 수 있어요. 당신은 제게 다만……."

"다만, 뭐요?"

"다만 당신의 호의만 원해요. 그리고 제가 또 당신에게 제 호의를 드린다면 그 빚은 상쇄되는 거죠."

"하여튼 콧대 센 건 당할 사람이 없어."

그는 나를 "극성스런 요정"이니 "심술궂은 꼬마 요정"이 니 "꼬마 도깨비"니 하며 놀렸다. 하지만 나는 속으로 그를 즐겁게 해주는 모든 일을 하고 싶었다. 내 미래의 남편은 내게 전부였기 때문이다. 결혼식 준비는 완료되었으며, 런던으로 갈 짐들이 대기하고 있었다.

산산조각 난 결혼식

찢어진 웨딩 베일

결혼식 전날이었다. 나는 불안에 떨며 로체스터 씨가 외출에서 돌아오기만을 눈이 빠지게 기다리고 있었다. 나는 한시바삐 그를 만나 불안함에서 벗어나고 싶었다. 그를 만나자마자 나는 지난밤에 꾼 두 가지 꿈 얘기를 했다.

"저는 우리 둘 사이를 갈라놓고 있는 어떤 장애물이 있다는 이상한 경험을 했어요. 첫 번째 꿈에선 조그만 어린애를 안고 멀리 사라져 가는 당신을 따라갔어요. 두 번째 꿈에선 제 목을 꽉 끌어안는 어린애를 제 무릎에 앉혔어요. 꿈에 대한 이야기는 서론이고, 본론은 지금부터예요. 어젯밤 제 방에서 이상한 일이 일어났어요."

나는 떨리는 목소리로 지난밤에 일어났던 일을 이야기했다.

"한밤중에 저는 악몽을 꾸다가 깨어났어요. 그런데 방 안에 정체를 알 수 없는 불빛이 보였어요. 처음에는 소피가 촛불을 들고 들어온 거라고 생각했어요. 그 낯선 그림자는 촛불을 옷장 위에 놓고 제 웨딩드레스와 베일이 들어 있는 옷장 문을 열었어요. 저는 좀 더 큰 소리로 '소피' 하고 불렀지요. 그러자 그 사람은 잠자코 웨딩드레스 베일을 집어 들어 자기 머리에 얹고는 거울에 비쳐 보았어요. 그 순간 제 몸의 피가 얼어붙는 것만 같았어요. 그 여자는 소피도 페어팩스 부인도 아니었어요. 그렇다고 제가 두려워하는 그레이스 풀도 아니었어요."

"어떤 모습이었소?"

"키도 크고 덩치도 큰, 검은 머리카락을 길게 늘어뜨린 여자 같았어요. 무슨 옷을 입었는지는 모르겠어요. 하얀 옷을 위에서 아래까지 늘어뜨려 입고 있었는데, 그게 가운인지 수의인지도 모르겠어요. 어두운 거울 속에 비친 그 얼굴은 소름이 끼칠 정도로 무시무시한 빛바랜 얼굴이었어요. 빨갛게 핏발 선 눈이며 험상궂은 이목구비며 추켜세운 눈썹은 무서운 요괴를 생각나게 했어요."

"허허, 그래 그것이 무슨 짓을 했소?"

"그것은 갑자기 제 베일을 찢어서 마룻바닥에 내동댕이치고 발로 짓밟아버리는 거예요. 그러고는 촛불을 들고 제 얼굴에 갖다 대더니 훅 불어서 꺼버렸어요. 저는 그 얼굴을 보고 너무 무서워서 그만 기절해버리고 말았죠. 그게 누군지 말씀해주세요."

"꿈이야, 제인! 지나치게 흥분한 나머지 환영을 본 거야."

로체스터 씨는 당황한 얼굴로 말했다.

"아니에요. 그건 실제로 일어난 일이었어요. 찢어진 베일이 그걸 말해주고 있잖아요."

순간 나는 로체스터 씨가 몸을 부르르 떠는 것을 보았다.

"그 여자는 틀림없이 그레이스 풀일 거야. 당신이 무서운 얼굴을 한 요괴를 본 건 악몽 때문이오. 앙심을 갖고 베일을 찢은 것은 사실이지만, 그건 그 여자가 할 법한 짓이오. 아마 당신은 내가 왜 그런 것을 이 집에 그대로 두는지 궁금할 거요. 그 이유를 지금은 설명할 수 없소. 하지만 시간이 지나면 다 말해주겠소, 제인."

말을 하는 동안 로체스터 씨의 얼굴은 더욱 어두워 보였다

"오늘밤엔 아델 방에서 함께 자도록 해요. 혼자 있지 않는 게 좋겠소. 쓸데없는 걱정은 말고…… 오늘밤엔 행복과 사랑이 넘치는 즐거운 꿈만 꿔요."

그날도 나는 즐거운 꿈을 꾸는 대신 나는 뜬눈으로 밤을 새웠다.

산산조각 난 결혼식

마침내 결혼 예배가 시작되었다. 축하해줄 친척도 친구도 없었고, 심지어 신랑신부의 들러리조차 없이 로체스터 씨와

나뿐이었다. 목사는 하얀 법의를 입고 로체스터 씨를 향해 몸을 약간 굽히며 말을 했다.

"그대들 두 사람에게 명하노니, 두 사람 중 누구든 이 결혼이 합법적으로 이루어질 수 없는 장애가 있다면 이 자리에서 고백할지어다. 하나님의 말씀을 거역한 인연은 불법임을 알지어다."

목사는 여기서 잠깐 숨을 돌리려고 말을 끊었다. 그 순간 우리 뒤에서 분명하고도 또렷한 목소리가 들렸다.

"잠깐! 이 결혼식은 성립될 수 없습니다. 이의 있습니다."

로체스터 씨는 간신히 버티고 서서 눈도 돌리지 않은 채 말했다.

"계속해주십시오."

그러자 목사가 제지하고 나섰다.

"이 예식은 더 이상 진행할 수 없습니다."

"무효입니다. 본인은 이 주장을 증명해야 할 입장에 있습니다."

우리 등 뒤의 목소리가 덧붙였다. 로체스터 씨는 내 손을 쥔 채 꼼짝도 않고 대리석처럼 창백한 얼굴을 하고 있었다.

"이의 사항이 어떤 것입니까?"

목사의 질문에 발언자는 앞으로 나와 침착한 어조로 단호하게 말했다.

"로체스터 씨의 아내가 현재 살아 있습니다."

이 나지막한 한마디에 나는 정신을 잃을 정도로 충격을 받았지만 온몸으로 버텼다. 로체스터 씨는 핏기가 가신 얼굴로 훼방꾼에게 물었다.

"당신은 누구요?"

"저는 런던의 변호사 브리그스입니다. 로체스터 씨, 당신에게 살아 있는 아내가 있다는 걸 상기시키려는 겁니다."

브리그스는 침착하게 주머니에서 종이를 한 장 꺼내더니 읽기 시작했다.

"손필드 저택의 소유자인 에드워드 페어팩스 로체스터는 15년 전인 서기 1800년 10월 20일 자메이카의 스패니시 타운 ○○교회에서 상인 조나스 메이슨과 그의 크레올 아내인 앙뚜아네뜨의 딸 버사 앙뚜아네뜨 메이슨과 결혼했음을 확인함. 결혼 기록은 그 교회의 등록부에 보존되어 있으며, 사본은 현재 본인이 가지고 있습니다. 서명 리처드 메이슨."

"그건 내 결혼을 증명할 뿐이지, 내 아내로 기재된 여자가 아직 살아 있다는 증명은 되지 않소."

"적어도 3개월 전까지는 그녀가 살아 있는 것을 본 증인이 있습니다. 메이슨 씨, 이리 나오십시오."

변호사가 말하는 순간, 로체스터 씨는 이를 갈며 격렬하게 몸을 떨었다. 그는 흥분된 어조로 말했다.

"메이슨, 도대체 무슨 말을 하려는 거야?"

그러자 목사가 메이슨에게 계속하라고 재촉했다.

"저는 지난 4월 손필드 저택에서 그 부인을 보았습니다. 전 그녀의 오빠입니다."

"설마 그럴 리가! 오래 전부터 이곳에 살았지만, 손필드 저택에 로체스터 부인이 산다는 이야기는 들은 적이 없소."

목사의 말에 로체스터 씨는 차가운 미소를 띤 채 말을 이었다.

"물론입니다. 그런 이름을 가진 여자가 있다는 사실을 아무도 알 수 없게 조심해왔으니까요. 이제 모든 것을 밝히겠습니다. 목사님, 법의를 벗으시죠. 오늘 결혼식은 그만둘 테니까요."

로체스터 씨는 더 이상 주저하지 않고 말을 했다.

"그렇습니다. 저는 이중 결혼을 하려고 했습니다. 이 변호사와 메이슨이 한 말은 모두 진실입니다. 제가 15년 전에 결혼한 버사 메이슨은 제 집에 아직 살고 있습니다. 그 여자는 3대째 내려온 주정뱅이와 정신병자 집안에서 태어났습니다. 그 여자의 어머니는 서인도제도의 크레올인으로 미친 여자요 술고래였습니다. 그때까지 사람들은 그 집안의 비밀에 관해서 침묵을 지키고 저를 속였던 거지요. 그 후 저의 생활이 얼마나 비참했는지는 더 이상 설명하지 않겠습니다. 브리그스 씨, 목사님, 그리고 메이슨 씨! 여러분을 저의 집으로 초대

하겠습니다. 제가 어떤 여자를 아내로 맞았는지 보여드리고 싶군요. 자아, 여러분 따라오십시오!"

로체스터 씨는 내 손을 꼭 쥔 채 그들과 함께 교회를 나와 손필드 저택으로 향했다. 우리는 곧장 3층으로 올라갔다. 로체스터 씨가 큰 열쇠로 검은 문을 열었고, 우리는 커다란 침대가 있는 방으로 들어갔다. 그는 안쪽에 있는 또 다른 문을 열었다. 구석진 어둠 속에서 무언가 꿈틀거리는 것이 있었다. 사람인지 짐승인지 언뜻 보아서는 알 수 없었다. 그것은 네 발로 기고 있는 모습이었다. 무슨 괴상한 야수처럼 할퀴기도 하고 으르렁거리기도 했지만 옷은 입고 있었고 흰 털이 섞인 검은 머리털이 말갈기같이 얼굴을 온통 가리고 있었다.

바로 그 순간 로체스터 씨가 나를 뒤쪽으로 힘껏 밀쳤다. 동시에 그 미친 사람이 뛰어들어 로체스터 씨의 목을 잡고 뺨을 물어뜯었다. 두 사람 사이에 격투가 벌어졌다. 남자 못지않은 힘으로 몇 번이나 로체스터 씨의 목을 움켜쥐었다.

"자, 여러분이 말하는 제 아내를 보십시오. 방금 보신 것이 유일한 부부간의 포옹이며, 이게 바로 나를 위로해주는 애정의 표시입니다."

그는 내 어깨에 손을 얹으며 말했다.

"여러분! 이처럼 침착하고 엄숙하게 악마의 장난을 바라보고 있는 이 아가씨의 맑은 눈과 저 여자의 새빨간 눈을 비교해보십시오. 그리고 나서 저를 심판해주십시오."

우리는 로체스터 씨만 남겨놓고 그 방을 나왔다. 계단을 내려오면서 변호사가 나에게 말했다.

"이것으로 아가씨는 비난에서 벗어났소. 메이슨 씨가 마데이라로 돌아가서 아가씨의 숙부님께 이 사실을 전해드리면 아마 기뻐하실 겁니다."

"예? 저의 숙부님이라니요? 그분을 아세요?"

"아가씨의 숙부님은 오랫동안 메이슨 씨가 경영하는 상점의 주재원으로 여러 해 일하고 계셨습니다. 아가씨가 로체스터 씨와의 결혼 소식을 알리는 편지를 보냈을 때 때마침 숙부님 댁에 늘렀던 메이슨 씨가 그 얘길 듣고는 깜짝 놀랐지요. 그래서 메이슨 씨는 로체스터 씨가 이미 자기 누이동생과 결혼한 사이라는 것을 털어놓았어요. 아가씨의 숙부님은 이중 결혼을 막아달라고 저를 여기까지 보내셨습니다. 유감스럽지만 그분은 지금 노환으로 오래 사시지는 못할 겁니다."

한여름에 크리스마스의 서리가 내리고

변호사와 메이슨 씨가 돌아간 뒤, 나는 내 방으로 돌아와 웨딩드레스를 벗어버리고 다른 옷으로 갈아입었다. 나는 슬퍼하지도 울지도 않았다. 아무것도 변한 것이 없었다. 다만 조금 전 이 방을 나갈 때의 제인 에어, 미래의 희망에 부풀었던 내가 아니었다. 희망에 차 있던 여인, 거의 신부가 될 뻔했던 제인 에어는 이제 싸늘하고 외로운 처녀가 되었다. 나의 인생은 차갑고 황량할 뿐이었다. 한여름에 크리스마스의 서리가 내리고 12월의 폭풍이 7월에 휘몰아쳤다. 나의 희망은 모두 죽어버렸다. 이젠 나에게 로체스터 씨는 예전의 그가 아니었다. 하지만 나는 그를 부도덕하다고 나무라지는 않으리라.

찬란한 꿈이 깨져버린 이 상황에서 내가 내린 결론은 손필드를 떠나야 한다는 것이었다. 나는 내 앞길에 이보다 더 큰 고난은 없을 것이라 생각했다.

'그럼 절 손필드에서 떠나가게 해주세요!'

나의 외치는 소리에 냉담한 재판관이 내 속에서 대답했다.

'아니야. 너는 네 힘으로 가야 해. 아무도 너를 도와주지 못해. 너는 네 손으로 네 오른쪽 눈을 뽑아야 해. 네 손으로 네 오른손을 잘라야 해.'

나는 하루 종일 식사는커녕 물 한 모금도 삼키지 않은 채 방 안에서만 보냈다. 이윽고 방 밖으로 나오자 로체스터 씨가 말을 건넸다.

"제인, 차라리 나에게 욕이라도 실컷 퍼붓구려. 당신을 이렇게까지 괴롭히고 싶지는 않았는데…… 나를 용서해줄 수 없겠소?"

독자여! 나는 그때 그 자리에서 그를 용서하고 말았다. 그의 눈에는 회한의 빛이 짙게 서려 있었다. 게다가 그의 태도에는 나에 대한 변함없는 애정이 깃들어 있었다. 그러나 나는 겉으로는 나타내지 않고 마음속으로만 그를 용서했다. '나는 이분과 헤어져야만 할 것 같아. 하지만 헤어질 수가 없어.' 이 생각 저 생각에 나는 괴로웠다. 그는 나에게 키스하려 했지만 나는 완강하게 그를 밀어냈다. 무안한 듯 로체스터 씨가 말했다.

"나를 악당이라고 하겠지, 제인! 당신을 여기서 살게 하지는 않겠소. 나도 여기서는 안 살 거요. 내일 낯선 곳으로 출발하도록 합시다. 이미 악마가 살고 있는 것을 알면서도 당신을 손필드에 들여놓은 것부터가 잘못이었소. 미친 여자가 가까이 있다는 것을 당신에게 숨기는 것은 마치 어린아이를 외투로 싸서 무서운 독이 있는 나무 가까이에 두는 것과 같소."

"그 불행한 여성한테 너무 가혹하게 말씀하시네요. 잔인해요. 그러니 미치지 않을 수가 있겠어요."

"제인! 내가 그녀를 미워하는 것이 그녀가 미쳤기 때문이라고 생각하오? 만일 당신이 미쳤다면 내가 당신을 미워하겠소?"

"그러시겠죠."

"당신의 육체와 마음은 나의 보배요. 당신이 내게 덤벼든다 해도 난 당신을 포옹으로 감쌀 거요."

"저는 당신을 사랑하고 있어요. 하지만 더 이상 그런 감정을 겉으로 나타내거나 그런 감정에 빠지지 않을 거예요. 로체스터 님, 저는 당신 곁을 떠나야 해요."

"제인, 당신에게 그 여자와의 관계에 대해 자세히 이야기하겠소. 그 사연을 들어주겠소? 아버지는 재산을 몽땅 형님에게 상속하고는 나를 부잣집 딸과 결혼시키려고 하셨소. 그래서 나는 결혼을 위해 자메이카로 가야 했소. 그 당시엔 몰랐지만 그 여자의 아버지는 결혼 조건으로 3만 파운드라는 거금을 주기로 했던 거요. 아무튼 그녀는 블랑슈 잉그램 같은 미인이었고, 나는 젊은 혈기로 그녀를 사랑한다고 믿고 결혼했소. 그런데 그게 아니었소. 나는 그녀에 대해 아무것도 알지 못하고 결혼한 거였소. 신혼여행이 끝나자 모든 사실이 드러났소. 죽었다던 그녀의 어머니가 미쳐서 정신병원에 있다는 것도 알게 되었소."

나는 잠자코 듣고만 있었다.

"제인, 그런 핏줄 탓인지 아내는 내가 감당할 수 없을 정도였소. 서인도에서의 그런 지옥 같은 생활을 더는 견딜 수 없어 자살까지도 생각했다오. 그런데 그 무렵 형님이 돌아가시고 손필드 저택을 상속받아 나는 어엿한 부자가 되었소. 나는 이런 지옥 같은 생활과는 달리 내게 위안을 줄 유럽 대륙의 향기로운 바람을 쐬기 위해 영국으로 왔소. 손필드 집의 3층에 그 여자를 가둬놓고 마음 내키는 대로 여행이나 하면서 살기로 했소. 손필드에 오고 나서는 정신병원 간호사였던 그레이스 풀을 고용하고 안심할 수 있었다오."

그는 말을 계속했다.

"그 미친 여자가 내 아내라는 것을 아는 사람은 그레이스 풀과 언젠가 메이슨을 치료하러 왔던 의사 카터뿐이오. 그레이스 풀이 잠든 사이에 그 여자는 몰래 방을 빠져나오기도 했소. 칼을 감추었다가 자기 오빠를 찌르고, 나를 불태워 죽이려고도 했고, 당신의 방에 들어가 웨딩 베일을 찢기도 한 거요."

"부인을 그곳에 가두어놓고 당신은 무엇을 하셨고, 어딜 다니셨죠?"

"나는 온 유럽을 떠돌아다녔소. 늘 외로웠고, 불안에 별년서 괴로워했소. 그때 내가 만난 사람이 셀린과 이탈리아의 자친타, 독일의 클라라 등 모두 정부뿐이었소."

"정말이지 예전만큼은 당신을 좋아하지 않아요. 이 여자에서 저 여자로 정부를 바꾸면서 살아가는 그런 생활을 조금도 나쁘다고 생각진 않으시나요? 그걸 아주 당연한 것처럼 말씀하시는군요."

"그 당시 나한테는 당연했소. 좋아서 한 짓은 아니었지만 그건 비굴한 생활이었소. 두 번 다시 그런 짓은 하고 싶지 않소. 돈으로 정부를 두는 것은 노예를 사는 것 다음으로 나쁜 습관이오. 정부나 노예는 천성이 그렇기도 하지만 지위로 보아서도 열등한 사람들이오. 열등한 인간과 친하게 산다는 것은 타락이오. 셀린이나 자친타, 클라라와 지낸 시절은 이제 생각하기도 싫소."

나는 그의 말에서 진실을 느꼈다. 하지만 나 자신도 결국에는 지금 그가 경멸하고 있는 정부들 중의 한 명이 되리라는 생각이 문득 들었다.

"제인! 어디 가서 반려자를 구하고, 희망을 찾지?"

"제 말씀대로만 해주세요. 하나님을 믿고, 자신을 믿으세요. 천국을 믿으세요. 거기서 다시 만나길 원하세요."

"우리가 인간의 법률을 어긴다고 누가 피해를 입겠소? 당신이 나와 함께 산다고 해서 화를 낼 친척이나 친지도 없지 않소?"

그것은 사실이었다. 그가 말하는 동안 내 양심과 이성은 그에게 반항하는 나를 비난했다. 게다가 내 감정조차 이렇게 말하고 있었다.

'이봐, 승낙해! 그의 비참한 모습을 생각해봐. 그가 직면한 위험을 생각해봐. 그가 혼자 남게 되었을 때의 상황을 생각하고 그의 앞뒤 가리지 않는 성질을 명심해봐. 절망에 뒤따르는 무모함을 생각하고, 그를 달래고 구원하고 사랑해. 그리고 너는 그를 사랑하고 있어. 그의 것이 되겠노라고 말해. 누가 세상에서 너를 걱정해주는 거지? 누가 네 행동으로 해를 입게

되는 거지?'

그러나 나의 대답은 여전히 굴복하지 않는 것이었다.

'쓸쓸하고 고독하고 아무도 의지할 사람이 없으면 없을수록 나는 나 자신을 존경한다. 나는 하나님이 내려주시고 인간에 의해 인정된 법을 지키리라. 지금처럼 미치지 않고 올바른 정신일 때 내가 받아들이는 원칙대로 나는 살아가리라.'

나는 로체스터 씨의 뺨에 작별 키스를 했다.

그날 밤 나는 어린 시절 게이츠헤드의 붉은 방에 누워 공포에 짓눌리는 꿈을 꾸었다. 옛날 나를 질식시켰던 그 불빛이 다시 나타나 벽을 기어올라 천장에 머무르고 있었다. 그러자 처음에는 달이었던 것이 점차 하얀 사람의 모습으로 변하더니 나에게 속삭였다.

"딸아, 유혹에서 벗어나라."

"어머니, 그렇게 하겠어요."

나는 몇 가지 보석을 챙기고 20실링이 든 지갑을 움켜쥔 뒤 몰래 방을 나왔다. 나는 로체스터 씨의 방 앞을 지나면서 순간적으로 그곳에 천국이 있다는 유혹을 느꼈지만, 과감히 그 유혹을 떨쳐버렸다. 집을 빠져나온 나는 손필드에서 멀리 떠나 또 다른 여행을 시작했다. 내 마음은 슬픔에 젖어 한없이 눈물을 흘리고 있었다.

무어 하우스

세인트 존을 만나다

이틀 후 초저녁 무렵 나는 위트크로스에 도착했다. 내가 지불한 마차 삯으로 갈 수 있는 거리는 그곳까지였다. 길에는 사람의 그림자도 눈에 띄지 않았다. 밤이 깊어지자 별들이 반짝였고 세상은 고요하기만 했다. 그러나 로체스터 씨의 비참한 운명을 생각하니 내 마음은 갈기갈기 찢어지는 듯했다. 나는 어떻게 해야 하나? 어디로 가야 하나? 갈 곳도 없는 처지에 이런 물음은 무슨 소용이 있는가? 비록 의지할 곳 없는 신세이지만 히스의 부드러운 이슬을 보고 문득 이 자연이 나를 보호해주는 어머니라는 생각이 들었다.

교회를 찾아갔지만 목사는 외출하고 없었다. 목사관에 있는 나이 든 부인에게 사정 이야기를 하고 먹을 것을 부탁해보려고도 생각했으나 차마 용기가 나지 않았다.

그날 밤 나는 숲 속에서 눈을 붙이려고 해봤지만 도저히 잠을 이룰 수가 없었다. 이튿날 비를 맞으며 전날과 마찬가지로 일자리를 찾아 돌아다녔다. 그러다가 어떤 시골집 앞에서 한 소녀가 돼지 여물통에 보리죽을 쏟아 붓는 것을 보고 그죽을 얻어 허기를 달랬다.

해가 져서 사방은 캄캄했고 여전히 비는 줄기차게 내렸다.

그때 멀리 불빛이 보였다. 지친 다리를 끌고 그 빛을 향해 걸어갔다. 나지막한 집의 작은 창문에서 새어나오는 불빛이었다. 그 집 안에는 거칠게 생긴 나이 많은 여자와 상복을 입은 우아한 숙녀 두 사람이 보였다. 내가 문을 두드리자 늙은 하녀가 나오더니 "빵은 주겠지만 거지를 집에서 재울 순 없어요" 하며 소리 나게 문을 닫고 들어가 버렸다. 때마침 집으로 돌아온 젊은 신사가 나를 들어오게 했다. 그 집 아가씨들은 따뜻한 우유에 빵을 적셔 내 입에 넣어주었다. 늙은 하녀의 부축을 받고 침대에 오르자 긴장이 풀리면서 나는 그만 정신을 잃고 말았다.

하녀 헤나가 힐끗거리며 내게 물었다.

"전에도 거지 행세를 하며 돌아다녔나요?"

나는 화가 치밀어 올랐지만 지금의 내 행색으로는 그런 질문도 당연하다는 생각이 들어 분명한 어조로 대답했다.

"저는 거지가 아니에요."

"가진 돈도 없는 것 같은데…… 도대체 어디서 왔소?"

"집도 없고 돈도 없다고 해서 댁이 말하는 거지가 되는 건 아녜요."

노파의 질문에 나는 조금 퉁명스럽게 대답했다.

"저에 대해서는 별로 드릴 말씀이 없네요. 그보다 이 집의 젊은 신사 분과 두 아가씨에 대해 얘기해주시겠어요?"

"이 집은 무어 하우스라고 하지요. 남자 분 성함은 세인트 존 리버스 이고, 두 아가씨는 그의 누이동생인 다이애나와 메어리 아가씨이지요."

그는 내가 얼마 전 방문했던 교회의 목사이고 본집인 이곳에 가끔 다니러 온다는 것을 알게 되었다.

메어리는 내가 아래층으로 내려올 만큼 회복되어서 기쁘다고 친절하게 말해주었고, 다이애나는 고개를 숙어 내 얼굴을 들여다보며 안색이 좋지 않다고 걱정해주었다. 나는 그들로부터 깨끗한 거실에서 구운 과자와 차를 대접받았다. 하지만 세인트 존은 냉정하고 엄해 보였다. 다이애나와 메어리는 나의 과거에 대해 호기심을 가졌으나 내가 불편해하는 질문은 하지 않았다. 그러나 세인트 존은 내가 어떤 사람인지 알려고 이것저것 캐물었다. 나는 그에게 로우드 학교와 가정교사 생활을 이야기해주었다. 하지만 손필드를 떠나 여기까지 오게 된 이유에 대해서는 말하지 않았다. 세인트 존은 잠시 생각에 잠기더니 냉정하고 날카로운 말투로 물었다.

"당신 이름이 제인 엘리엇이라고 하셨죠?"

"예. 물론 그것은 진짜 이름은 아닙니다. 그냥 그렇게 불러주세요."

"본명을 밝힐 수 없는 이유라도 있습니까?"

"네, 무엇보다 제가 발견될까봐 그게 두려워서 그래요. 재

봉사도 여공도 하녀도 좋으니 일자리를 좀 구해주세요."

"좋습니다. 당신을 돕겠습니다."

그곳에서 한 달이 지나갔다. 무어 하우스 사람들은 더없이 친절했다. 다이애나와 메어리는 곧 무어 하우스를 떠나 남부 잉글랜드의 대도시에 가정교사로 가기로 되어 있었다. 나는 그들과 책도 읽고, 대화와 토론도 하면서 마음의 위로를 받았다.

어느 날 나는 용기를 내어 그에게 물어보았다.

"제 일자리는 알아보셨어요?"

"엘리엇, 솔직히 말해서 나 자신도 가난하고 이름도 없는 처지라서 그리 좋은 일자리는 구하지 못했습니다. 2년 전 내가 왔을 때 모턴에는 변변한 학교가 없었어요. 가난한 집 아이들은 교육의 혜택을 받지 못하고 있었습니다. 교사의 연봉은 30파운드입니다. 이런 조건이라도 괜찮다면 그 학교 선생님이 되어주시겠습니까?"

그는 내가 혹시 그의 제안에 화를 낼까 염려하는 듯 초조한 어조로 말했다. 사실 그것은 천한 일자리이지만 난 안전한 피난처를 원하고 있었고, 또한 부잣집 가정교사와 비교하면 독립된 일이었다. 더욱이 가난한 사람들에게 봉사하는 가치 있는 일이라서 나는 수락하기로 결심했다. 다음 날 나는 무어 하우스를 떠나 모턴으로 향했다.

뜻밖에 찾아온 행운

나는 모턴의 학교 건물에 있는 새집으로 이사했다. 학생은 전부 스무 명이었는데, 그중에 그나마 글을 읽을 수 있는 아이는 고작 세 명뿐이었고, 쓰기나 셈을 할 줄 아는 아이는 아무도 없었다. 나는 새로운 일에 자부심을 느끼기보다 오히려 지위가 하락되었다는 기분을 감출 수 없었다. 나는 이런 기분은 잘못된 것이라고 판단하고 생각을 바꾸기로 결심했지만 과연 올바른 선택을 했는지 염려가 되었다. 자유롭고 성실한 마을 학교의 여교사와 로체스터 씨의 정부 중에서 어느 쪽이 더 나은지는 알 수 없었다.

어느 날, 나는 내 방에서 촛불을 켜놓고 책을 막 읽기 시작하는데 문 두드리는 소리가 들렸다. 뜻밖에도 문밖에는 세인트 존이 서 있었다. 나는 놀라서 물었다.

"이렇게 눈 오는 밤에 대체 무슨 일로 오셨어요?"

그는 의자에 앉더니 잠시 후 수첩 속에서 뭔가를 꺼내 들여다보았다. 그러고는 도로 수첩에 넣고 다시 생각에 잠겼다가 입을 열었다.

"사실은 당신에게 물어볼 게 있어요. 하지만 내가 먼저 이야기하겠어요. 20년 전 일이오. 어느 가난한 목사보가 부잣집 딸을 사랑하게 되어 주위 사람들의 반대를 무릅쓰고 결혼을 했소. 그들은 결혼한 지 2년 만에 딸 하나만 남겨놓은 채 모두 죽어버렸소. 그래서 고아가 된 갓난아기는 어머니 쪽으로 친척이 되는 리드 부인에게 맡겨졌소. 부인은 아이가 열 살이 되자 로우드 학교에 보냈지요. 그곳에서 그 아이의 생활은 훌륭했던 모양이오. 그 학교의 선생님이 되었으니까요. 그 후 그녀는 로체스터라는 분이 돌봐주고 있는 아이의 가정교사가 되었소."

"목사님!"

나는 세인트 존의 말을 가로막았다.

"잠깐 기다리세요. 이야기가 거의 끝나가니 잠자코 들어보시오. 그 여자는 로체스터의 청혼을 받아들여 결혼하려고 했지만, 결혼식 날 남자에게 미친 아내가 살아 있다는 사실이 밝혀졌어요. 그 후 그녀의 행방은 알 수 없게 되었지요. 그는 그녀를 찾기 위해 신문 광고도 내고 사방에 수소문을 한 모양이오. 나도 브리그스 씨라는 변호사에게서 지금 말한 내용의 편지를 받았소. 어떻게 생각하시오?"

나는 앞뒤 생각 없이 다급하게 말했다.

"한 가지만 대답해주세요. 그 후 로체스터 씨는 어떻게 되었나요? 요즈음 그가 어떻게 지내는지 아세요?"

"나는 로체스터 씨에 대해서는 아무것도 모릅니다."

"그럼 아무도 손필드 저택에 간 사람이 없나요? 로체스터 씨를 만난 사람은 없나요?"

"그런가 봅니다."

그가 수첩 안에서 조심스레 구겨진 종잇조각을 꺼내면서 말했다.

"브리그스 씨는 제인 에어라는 사람을 찾는다는 편지를 보내왔고, 신문에도 제인 에어를 찾는다는 광고가 났었지요. 나는 제인 엘리엇이라는 이름을 들었을 때부터 의심을 했었지만 내 눈으로 확인한 건 어제 오후였소. 자신이 제인 에어라는 건 인정하시죠?"

"예, 인정해요. 그런데 브리그스 씨는 어디 계시나요? 그분은 로체스터 씨에 대해 목사님보다 더 잘 알고 계실 거예요."

"그분은 런던에 계십니다. 하지만 그가 당신을 찾는 이유는 로체스터 씨 일 때문은 아니라오."

"그럼 왜 저를 찾는 건가요?"

"당신 숙부님 존 에어 씨가 돌아가셨답니다. 그런데 숙부님이 당신에게 많은 유산을 남기셨어요. 당신이 부자가 되었다는 걸 전하려고 그가 당신을 찾은 겁니다."

"제가 부자라고요?"

"그렇소. 당신은 부자가 되었소. 유산 상속인이랍니다. 물론 그 전에 당신이 제인 에어라는 사실을 밝혀야겠지요. 절차는 어렵지 않아요. 브리그스 씨가 유언장과 필요한 서류를 갖고 있소. 당신 재산은 2만 파운드 정도요. 내가 당신과 이름이 같다는 건 모르시죠? 내 이름은 세인트 존 에어 리버스입니다."

"아, 그게 어떻게 된 거죠? 설마……?"

나는 더 이상 말을 잇지 못했다.

"그래요, 내 어머니 성이 에어입니다. 어머니에게는 남자 형제가 두 분 있었습니다. 한 분은 목사였는데 게이츠헤드의 제인 리드와 결혼했지요. 다른 한 분은 마데이라에 살던 상인 존 에어 씨입니다. 그런데 외삼촌과 나의 아버지는 평생 사이가 좋지 않아서 외삼촌은 우리를 무시하고 모든 재산을 목사였던 형의 딸, 즉 당신에게 상속한 거지요."

"그러니까 목사님의 어머니는 저의 고모가 되는 거예요? 존 숙부님이 녹사님의 외삼촌이니 당신들 세 분은 지의 사촌이네요. 우리 피의 절반은 같은 핏줄에서 나왔군요."

"바로 그렇소. 우리는 사촌 간이오."

나는 손뼉을 치며 환호성을 올렸다. 내 머릿속에 떠오르는 수많은 생각 때문에 숨이 막힐 것 같았다. 내 생명을 구해준 사람들, 그들이 나의 형제라는 사실도 큰 기쁨이었고, 그들에게 은혜를 갚을 수 있게 되어 더욱 기뻤다. 기쁨과 희망에 부풀어 나는 그에게 말했다.

"내일 당장 다이애나와 메어리 언니에게 집으로 돌아오라고 편지를 써주세요. 제가 받은 유산을 똑같이 5000파운드씩 나누어 가지고 모두 함께 잘 지냈으면 좋겠어요. 저의 의

견에 반대한다거나 달리 논의할 필요는 없겠지요. 제가 형제 간의 우애를 얼마나 갈망했는지 상상도 못하실 거예요. 이것 이 바로 멋진 평등과 형제애와의 화합이겠지요."

나의 뜻이 받아들여지고 변호사는 유산 분배 절차를 시작 했다. 세인트 존, 다이애나, 메어리, 그리고 나는 각자 상당한 재산을 갖게 되었다.

세인트 존의 고백

무어 하우스에서 나의 새로운 나날들이 시작되었다. 하지 만 로체스터 씨를 잠시도 잊을 수 없었다. 세인트 존은 오래 전부터 인도에 가서 선교하는 꿈을 갖고 있었으며, 나와 함께 그곳에 가고 싶다고 말했다.

"하나님과 자연은 당신을 선교사의 아내로 삼기로 작정했 소. 그분이 당신에게 내려준 것은 용모가 아니라 정신적 재능 이오. 당신은 그 일을 하기 위해 태어난 거요. 애정을 위해서 가 아닌, 선교를 위해 나의 아내가 되어야 하오."

"저는 그 일에 맞지 않아요. 저에게는 하나님의 부름이 없어요."

"들어봐요. 처음부터 나는 줄곧 당신을 살펴왔고 당신을 시험해왔소. 인도 학교의 선생으로서, 또 인도 부인네들의 조 력자로서 당신의 도움이 필요해요."

"나는 그런 일을 감당할 만큼 강한 사람이 아니에요. 혹 자유로운 몸으로 간다면 가겠어요. 당신은 저의 친척 오빠잖아요. 동료로 간다면 기꺼이 따르겠어요. 하지만 아내로는 가지 않겠어요. 당신과 결혼할 수도 없고, 또 당신의 일부가 되어드릴 수도 없어요."

"당신은 나의 한 부분이 되어야 하오. 무슨 일이 있어도 나와 결혼해야 돼요."

그는 단호하게 말했다.

"당신을 동지로 생각할 뿐이에요. 난 당신이 보여준 가짜 애정을 경멸해요."

"제인! 그렇나면 당신은 인도에 안 가겠다는 깁니까?"

"결혼을 하지 않으면 못 간다고 그러셨잖아요."

"그럼 결혼을 안 하겠다는 말인가요? 여전히 그 결심을 고집하고 있군요."

독자여, 나와 마찬가지로 알고 계시는지? 이런 냉혹한 사람들은 얼음과 같은 차가운 공포를 불러일으킨다는 것을. 그들의 차가움은 얼어붙은 바다도 깨뜨릴 수 있다는 것을.

"네, 세인트 존. 당신과 결혼하지 않겠어요. 저는 제 결심을 포기하지 않아요."

"한 번 더 묻겠는데, 거절하는 이유가 뭡니까?"

"전에는 당신이 저를 사랑하지 않아서였는데 지금은 저를 미워하시기 때문이에요. 만약 제가 당신과 결혼하면 당신은 저를 죽일 거예요. 벌써 죽이려고 하시는걸요."

그의 입술과 뺨은 하얗게 질려 있었다.

"내가 당신을 죽인다고? 벌써 죽이려 하고 있다고? 입에 담아서는 안 될 말을 하고 있군요. 여자답지 못한 난폭한 말이오. 엄한 질책을 받아 마땅하오."

"하지만 당신이 원하는 대로 해드릴 수가 없어요. 그건 저에게 자살 행위나 다름없어요. 오히려 여기 이대로 있는 것이 더 낫겠어요."

"그건 무슨 뜻이죠?"

"설명해봐야 소용없어요. 하지만 제게는 오래 전부터 마음속에 간직해온 고민이 있어요. 그것을 해결하기 전에는 아무 데도 갈 수 없어요."

"당신이 마음에 품고 있는 것은 법에 어긋나는 것이고 하나님이 용납하지 않으시는 것입니다. 당신은 진작 그것을 없애버려야 했소. 그런 말을 입에 담다니 당신은 부끄러워해야 합니다. 당신은 로체스터 씨를 생각하고 있는 거지요?"

그것은 사실이었다. 나는 침묵으로 그것을 고백했다.

"로체스터 씨를 찾겠다는 거요?"

"어떻게 되셨는지 알아봐야겠어요."

그날 저녁 식사를 마친 뒤 세인트 존은 기도를 하고 성경 말씀을 낭독했다. 하나님 말씀을 전하는 그의 목소리는 힘이 있었으며 나는 그의 설교에 큰 감동을 받았다. 세인트 존의 영향력에 굴복한 나는 그와 결혼하기로 마음먹었다. '불가능' 즉 세인트 존과의 결혼이 '가능'으로 변하려 하고 있었다.

"내가 당신과 결혼하는 것이 하나님의 뜻이라면 지금 이 자리에서 맹세하겠어요. 나중에야 어떻게 되든……."

그가 기쁜 목소리로 외쳤다.

"내 기도가 이루어졌네요."

세인트 존과 나 외에는 모두 잠자리에 들어 사방은 고요했다. 촛불이 꺼져가고 방 안엔 달빛이 비치고 있었다. 그런데 나는 온몸에 전류가 흐르는 듯한 기분이 들면서 갑자기 이상한 소리를 들었다.

"제인! 제인! 제인!"

그 소리는 귀에 익은, 그리운, 잊을 수 없는 목소리, 에드워드 페어팩스 로체스터의 목소리였다.

"가겠어요! 기다려 주세요."

나는 소리치며 캄캄한 복도로 달려 나갔고, 다시 정원으로 뛰어나갔다.

"어디 계세요?"

내가 범하려는 큰 실수로부터 나를 구해낸 것은 미신이기보다는 대자연이라고 할 수 있었다. 세인트 존이 놀라 뒤쫓아

나와 나를 붙잡았지만 나는 그의 손을 뿌리쳤다. 이제는 내가 우위에 있을 차례였다. 나는 그에게 아무 말도 하지 말아달라고 부탁하고, 방으로 돌아와 문을 잠그고 혼자 기도했다. 세인트 존의 방식과는 달랐으나 나름대로의 효력은 있었다. 나는 두려움 없이 오직 밝아올 아침만을 기다리며 침대에 누웠다.

다시 찾은 행복

무어 하우스를 떠나다

이튿날 오후 3시에 나는 무어 하우스를 떠났다. 손필드를 떠난 지 일 년 만에 나는 다시 돌아가고 있는 것이다. 손필드가 보이는 언덕에 올라설 때까지 내 마음은 로체스터 씨를 만나는 온갖 즐거운 상상으로 가득 차 있었다. 긴 시간의 여행 끝에 난 손필드의 한 여관에 도착했다. 나는 여관 주인에게 용기를 내어 물어보았다.

"손필드 저택에 대해 아십니까?"

"그럼요. 저는 돌아가신 로체스터 씨의 저택에서 일했답니다. 지금의 주인인 에드워드 님의 선친 말씀입니다."

"에드워드 씨는 아직도 그 저택에 살고 계시나요?"

"아닙니다. 손님께서는 지난 가을에 불이 난 걸 모르시는군요. 손필드는 무서운 재난으로 폐허가 되었어요. 한밤중의 화재로 그 훌륭한 저택과 재산이 모두 불타버렸답니다."

"왜 불이 난 거죠?"

"대개 짐작으로 이렇게들 말했죠. 그 저택에 미친 여자가
갇혀 있었어요. 그런데 일 년쯤 전에 주인이 그 집의 젊은 가
정교사 아가씨와 사랑에 빠지게 되어 결혼하려고 했답니다.
그의 미친 아내는 사정이 어떻게 돌아가고 있는지 아마 알고
있었던 게죠. 가정교사를 미워하고 있었으니까요. 그래서 그
가정교사의 침대에 불을 지른 거지요. 다행히 가정교사는 두
달 전에 그 집을 나간 뒤였어요. 가정교사가 집을 나간 뒤 주
인님은 그야말로 미친 사람처럼 그녀를 찾았으나 찾지 못했
답니다. 주인님께선 너무 낙심히어 페어팩스 부인도 내보내
고, 그가 맡은 아델은 기숙사가 있는 학교로 보내고, 바깥 세
상과는 관계를 끊고 혼자 사셨죠."

"로체스터 씨는 영국을 떠나셨나요?"

"아뇨, 영국을 떠나시다니요? 제가 생각하기엔 주인님은
정신이 나간 것 같아요."

"불이 났을 때 그분은 집 안에 계셨어요?"

"그럼요. 온 저택이 불바다가 되었을 때 그분은 하인들을
깨워서 구출하고, 미친 아내를 방에서 데리고 나오려고 또 불
길 속으로 뛰어 들어가셨죠. 그때 아내는 지붕 위에서 소리를
질러대고 있었어요. 긴 머리채를 휘날리며 그 아내는 불길을

등지고 서 있었어요. 그녀는 고함을 지르며 밑으로 뛰어내려 결국 죽고 말았지요."

"그럼? 그분은 살아 계신가요?"

"네, 주인님은 무너져 내린 저택 밑에 깔려서 팔 한쪽을 쓸 수 없게 되었고, 게다가 눈까지 볼 수 없게 되셨답니다."

"지금은 어디 계시나요?"

"여기서 꽤 멀리 떨어진 펀딘에 살고 계십니다."

다시 찾은 행복

그날 저녁, 몰아치는 비바람 속에 나는 펀딘 저택에 도착했다. 그때 현관문이 열리는 소리가 나더니 사람의 그림자가 나타났다. 으스름 속에서 한 남자가 계단에 멈춰 선 채, 비가 얼마나 내리는지 알아보려는 듯 손을 앞으로 내밀고 있었다. 나는 금방 그를 알아볼 수 있었다. 나의 주인, 바로 그 사람이었다. 나는 숨을 죽이고 그를 바라보았다. 이 갑작스러운 만남에 기쁨은 사라지고 고통만이 내 가슴을 짓눌렀다. 그는 당당했던 예전의 걸음걸이가 아니었다. 자주 멈춰 서곤 했는데 아무래도 안 되겠다고 생각했는지 불안한 걸음으로 집 안으로 다시 들어갔다. 체구는 전과 같이 튼튼해 보였으나 얼굴에는 절망과 수심이 그득했다. 쇠사슬에 묶인 야수를 떠올리게 했다. 잠시 후 내가 현관문을 두드리자, 존의 아내가 문을 열었다.

"메어리, 잘 있었어요?"

"어머나, 제인 에어 아니세요?"

메어리는 마치 유령을 본 듯 놀랐다.

그때 메어리를 부르는 벨 소리가 울렸다.

"메어리는 부엌에 있어요."

내 말에 그는 재빨리 손을 내밀어 내 팔을 움켜잡고는 물었다.

"누구요? 당신 누구요? 제인이지? 제인 맞지! 그래, 틀림없이 제인이야!"

"제인의 전부가 여기 있어요. 제인의 마음이 노 여기 있어요. 당신 곁에 오게 되어 너무나 기뻐요."

"제인 에어! 제인 에어!"

그는 계속해서 내 이름만 불렀다.

"제인이 당신을 찾아왔어요. 드디어 당신 품으로 돌아왔어요."

"정말 살아 있었구려. 내 사랑! 이건 꿈이야. 역시 당신은 무사했구려."

"오늘부터는 절대로 당신 곁을 떠나지 않겠어요."

우리는 따뜻한 포옹을 나눴다.

"저는 이제 독립한 여자예요. 저는 마데이라에 사시던 숙부님으로부터 5000파운드의 유산을 받아서 혼자 자립할 수 있을 만큼 부자가 되었어요."

내 말에 그는 기뻐하면서도 쓸쓸한 표정으로 말했다.

"당신이 부자가 되었다면 나같이 몸이 불편한 사람은 만나고 싶지 않겠구려."

"저의 주인은 제 자신이에요."

"그럼 나와 함께 있어 주겠소?"

"당신만 좋다면 나는 언제나 당신 곁에 있겠어요. 당신의 이웃으로, 당신의 간호사로, 당신의 손과 눈이 되어 살아가겠어요. 다시는 당신을 외롭게 두지는 않을 거예요."

"제인, 정말 언제까지나 내 옆에 있어 주겠소?"

로체스터 씨는 불안한 듯 내게 물었다.

"네, 언제까지나."

나는 지난 일 년 동안 일어났던 일들을 로체스터 씨에게 말해주었다. 로체스터 씨는 내가 잘생긴 사촌과 사랑에 빠졌다고 생각했는지 질투를 했다. 나는 사촌이 선교사의 아내로서 나에게 청혼한 것이지 사랑하는 마음은 없었다며 로체스터 씨를 달래주었다. 나의 말에 그는 비로소 미소를 지으며 말했다.

"나는 아내가 필요해요. 하지만 당신의 선택에 달려 있소. 나는 전적으로 당신의 결정에 따르겠소."

"그러면 누구보다도 당신을 사랑하는 사람을 선택하세요."

"제인, 내가 가장 사랑하는 사람을 선택하겠소. 제인, 나와 결혼해주겠소?"

"네."

"당신보다 스무 살이나 많고…… 게다가 불구자인데도?"

"알고 있어요."

"오, 나의 사랑! 당신이 너무나 그리웠소, 제인! 아아, 당신의 영혼과 육체, 모두 그리웠소. 나는 당신 없이 살아갈 수 없다고 호소했소. 만약 제인이 저 세상에 있다면 나를 빨리 불러가서 만날 수 있게 해달라고 말이오. 그날 무심결에 '제인! 제인! 제인!' 하고 소리를 내 당신을 불러보았소. 그런데 이상한 일이 있었소. 내가 당신을 부르니까 어디선가 대답이 들려왔소. '가겠어요, 기다려 주세요'라는 소리가 바람을 타고 내게 속삭여왔소. 내가 믿기엔 우리 두 사람의 영혼이 그때 만난 것이 틀림없소."

독자여, 그가 들었다는 말은 내가 대답했던 말 그대로였다.

나는 그와 결혼했다. 조용한 결혼식이었다. 세인트 존에게 내 결혼을 알리는 편지를 썼다. 아델은 집으로 데려올 수 있는 거리의 학교에 다니게 되었다. 가끔 우리가 찾아가기도 했다. 아델의 건전한 영국 교육이 그녀의 프랑스식 결점을 고쳐주어 지금은 얌전하고 온순한 아이가 되었다.

이제 나의 이야기는 결말에 가까워지고 있다. 내가 결혼한 지도 벌써 10년이 지났다. 이 세상에서 가장 사랑하는 사람을 위해 산다는 것이 어떤 것인가를 나는 알게 되었다. 나는 이 세상 누구보다고 축복 받은 사람이라고 생각한다. 왜냐하면 우리는 서로를 깊이 신뢰하고, 사랑으로 서로 하나가 되었기 때문이다.

로체스터 씨는 결혼하고 나서 처음 2년 동안은 여전히 앞을 보지 못한 채 지냈는데, 아마도 그러한 상황이 우리 두 사람의 사랑을 더욱 단단하게 해주었는지도 모른다. 지금 그의 오른팔이 되어주듯 그 무렵의 나는 그의 눈이 되어주었다. 그는 나를 통해서 자연을 보고 책을 읽었다. 그리고 그가 가고 싶어하는 곳으로 안내했다.

그는 런던에 있는 안과에서 치료를 받고 드디어 한쪽 눈의 시력을 회복했다. 우리가 첫 아들을 안았을 때 다시 한 번 하나님께 진심 어린 감사 기도를 올렸다. 지금 나와 로체스터 씨는 행복하다. 우리가 사랑하는 사람들이 행복하기에 우리의 행복감은 배가 된다. 다이애나와 메어리는 둘 다 결혼했는데 번갈아가며 일 년에 한 번씩 우리가 그들을 만나러 가고, 또 그들이 오기도 한다. 한편 세인트 존은 영국을 떠나 인도로 갔으며, 아직도 그는 독신이다. 최근 그가 보내온 편지에서 그의 죽음이 임박했음을 알 수 있었다. 하지만 그 자신의 말에서 알 수 있듯이, 온갖 역경과 위험이 다가와도 그의 신앙은 흔들리지 않을 것이다.

3 관련서 및 연보

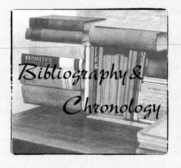

Bibliography & Chronology

샬럿 브론테의 문학 세계를 좀 더 자세히 이해하기 위해

『제인 에어』를 읽은 후, 그녀의 다른 작품 『교수』 『설리』 『빌레뜨』를

읽어보는 것이 좋다. 국내에 『설리』를 제외한 번역서가 나와 있다.

또한 폭풍처럼 휘몰아치는 사랑의 분위기를 연출한 에밀리 브론테의

『워더링 하이츠』를 읽어보는 것도 좋을 것이다.

『제인 에어』 관련서

샬럿 브론테의 다른 작품들

『교수 *The Professor*』

샬럿 브론테가 『제인 에어』를 출판하기 전에 쓴 첫 소설이다. 이 소설의 주인공은 『제인 에어』의 여주인공과는 달리 자아인식이 분명하지 않고 인물의 발전이 없는 등 여러 면에서 미숙하지만, 후기작들의 가능성을 담고 있다는 점에서 읽을 가치가 있다. 최근 배미영 선생의 국내 번역본이 나와 있다.

『교수』는 1846년 8월에 완성되었으나 출판사로부터 거절당해 1857년 사후에 출판되었다. 브론테의 작품이 대부분 여주인공의 이야기인 데 반해, 이 소설은 남자 주인공인 윌리엄 크림스워스(William Crimsworth)의 이야기이다. 그는 샬럿의 후기 소설의 여주인공들처럼 경제적으로 불안하여 생계 수단을 강구해야 하는 인물이다. 일찍 부모를 여의고 외가 도움으로 자라다가, 공장주인 형 에드워드(Edward)를 찾아가 그곳에서 점원이 된다. 형은 비인간적이고 사악한 인물로, 크림스워스는 그의 착취 대상이고 무력한 희생자가 될 뿐이다. 크림스워스는 이런 자신의 모습을 "가정교사"처럼 소외되고 고립되어 있다고 표현하고 있다. 자신을 제인 에어의 직업인 가정교사에 비유하고 있는 것이다.

크림스워스는 브뤼셀로 가서 두 학교의 선생이 된다. 그는 여자 학교의 교장인 조라이드 로이터(Zoraïde Reuter)의 유혹을 받고 그녀에게 매력을 느낀다. 하지만 그는 그녀가 남자 학교의 교장인 펠레(Pelet)와 이미 약혼한 사이면서 자신을 희롱했다는 사실을 알게 되자, 곧 그녀를 멀리한다. 그 후 크림스워스는 조라이드의 학교에서 수예를 가르치는 젊은 프란시스 헨리(Frances Henri)에게 구혼한다. 그녀는 선생이지만 동시에 크림스워스의 영어 수업을 받는 학생이다. 프란시스는 그의 학생으로서 지배와 순종의 틀 안에 있게 된다. 이런 순종적인 틀 안에서도 프란시스는 제인 에어처럼 독립심과 주체성을 갖고 있다. 그녀는 남편이 "난봉꾼, 방탕아, 술주정꾼, 독재자"라면 언제든지 과감히 떠날 수 있다며, 결혼 후에도 계속 교사로서 일하고 싶다고 주장한다. 그녀의 독립적인 면모는 후기 여주인공들의 독립성을 예견하게 한다.

『셜리 *Shirley*』

샬럿 브론테는 『제인 에어』가 "단순한 가정소설로 하찮게 보일까 두려운" 나머지, 여성의 상황과 관련해서 "공적인 문제에 관심이 있다는 것을 보여주기 위해 이 작품을 썼다"고 말했다. 브론테의 어떤 작품보다 이 소설은 사회적 배경이 큰 몫을 차지한다. 이 소설은 기계 파괴운동(Luddism)이 일어났던 1812년의 요크셔를 배경으로, 나폴레옹 전쟁 중에 외국시장과의 교류를 금하던 대륙봉쇄령(Orders in Council, 1807)이 시행되던 시기에 쓰였다. 당시는 경제적·사회적 불안이 가중되던 때였다. 주인공 로버트 무어(Robert Moore)는 새로운 기계를 도입함으로써 자유방임의 원칙에 기초하여 이 위기를 극복하려고 한다. 이 과정에서 많은 실업 노동자가 발생하고, 이들의 반발이 소설의 사회적 갈등의 핵심을 이룬다.

이 소설이 독자들에게 흥미를 끌 수 있었던 것은 기계 파괴운동의 와중에 일어난 노사 간의 갈등을 가부장적 사회에서 남용되는 권력의 오용과 연결시키고 있다는 점이다. 이 소설은 노동자의 고통과 분노를 여성이 겪는 고통과 분노와 연결시킴으로써 계급의 문제와 성의 문제를 연결키고 있다. 노사 갈등을 통해 노동자들의 희생을 강조하고 있지만, 더욱 큰 문제는 여자들은 정치적·경제적 희생양일 뿐만 아니라 남자들에 의해서도 희생된다고 본다. 『셜리』에서 여성문제는 캐롤라인(Caroline Helstone)의 삶을 통해 제시되는데, 이것은 전통적인 여성의 이미지에 대한 문제 제기이다.

캐롤라인은 무어(Moore)에게 사랑을 거절당함으로써 노동자와 마찬가지로 그의 이기심의 희생자로 극심한 고통을 받는다. 그녀는 독신 여성에게도 실업이 강요되고 있음을 깨닫는다. 캐롤라인은 독신녀인 만(Miss Mann)과 에인리(Miss Ainley)와 같이 노처녀라는 부정적 이미지에 둘러싸여 살고 있는 이들의 삶을 보고, 사회가 여성에게 부과하는 모순과 무소리에 대해 저항한다. 여성에게 결혼 이외에는 다른 성취의 기회를 주지 않는 사회에 대해 캐롤라인은 신랄하게 비판한다. "영국의 남성들이여! 여러분의 불쌍한 여자 아이들을 보십시오. 그들은 폐병에 걸리거나 쇠약해져 죽어가고 있습니다."

이처럼 여성에게 주어진 사회적 현실에 대한 비판이 캐롤라인의 삶을 통해 제시되고 있다.

전통적인 여성에 대한 더욱 날카로운 비판은 도전적인 셜리를 통해 이루어진다. 캐롤라인과는 반대로 셜리는 경제적으로 독립한 위치에 있으며 남성의 특권 중 많은 것을 갖고 있다. 그녀는 가문의 유일한 상속자로서 부모가 아들에게 주고자 했던, 당시로서는 남자 이름인 셜리라는 이름을 갖고 있으며, 스스로 향사(esquire)라는 지위에 걸맞게 행동한다. 셜리는 당시 여성들과는 달리 노동문제를 해결하기 위해 노력하고, 기계 파괴운동을 하는 노동자들이 공격을 일삼는 밤에도 두려움 없이 행동한다. 하지만 셜리는 결혼을 결정하고 나서는 모든 권한을 남편에게 넘기고, 남편과 자신 사이의 주종 관계를 받아들인다. 셜리가 남성의 지배를 받아들이는 것으로 이 소설은 끝나지만, 브론테가 여성의 억압과 박해받는 노동자들을 연결시킨다는 점에서 이 작품은 의미가 있다.

『빌레뜨 Villette』

『제인 에어』는 가정적인 문제를, 『셜리』는 사회적인 갈등을 묘사하려 했다면, 마지막 작품인 『빌레뜨』에서는 여주인공이 사랑과 독립을 추구하는 과정에서 겪는 심리적 갈등을 다루고 있다. 여주인공 루시 스노우(Lucy Snowe)는 제인 에어보다 복잡하고 더 힘든 삶을 살아간다. 이 소설은 샬럿이 1842년부터 1844년까지 브뤼셀에서 있었던 에제와의 가슴 아픈 사랑을 바탕으로 씌어졌다.

소설의 내용을 요약하면, 부모를 잃은 고아 루시는 자신의 생계를 걱정할 정도로 가난하다. 그러나 그녀는 영국을 떠나 빌레뜨(Villette)에 위치한 여자 기숙학교의 선생이 된다. 그 학교의 담당 의사인 존(John)에게 사랑을 느낀 루시는 가슴 아픈 고통을 겪게 되지만 이를 극복하고 그 학교의 폴(Paul) 선생님에게서 진정한 사랑을 느껴 그와 약혼한다. 폴은 학교를 세우고 루시에게 책임을 맡긴 후 서인도제도로 떠나는데, 돌아오는 길에 폭풍을 만나고 루시는 평생 그 학교의 교장으로 살아간다.

이 소설은 행복한 결혼으로 끝나는 대부분의 빅토리아 소설 구도와는 다르다. 화자는 결말에서조차 폴이 서인도제도에서 오다가 죽었는지의 여부에 대해 분명히 밝히지 않는다. 열린 결말(open-ending)로 끝남으로써 모든 것을 독자의 판단에 맡기고 있다. 이 소설은 결혼만이 여성에게 수어진 자아 성취의 유일한 통로라는 전통적인 빅토리아 소설의 구도와는 달리 여성의 자아 독립을 시사하고 있다.

『빌레뜨』는 영국 소설에서 일하는 여성을 처음으로 그렸다는 점에서 매우 의미가 있다. 브론테는 『제인 에어』나 『셜리』에서 여성에게 일을 주지 않는 사회에 대해 지적하며 여성들의 결혼으로 결말을 맺었지만, 마지막 소설 『빌레뜨』에서는 루시가 결혼하지 않고 학교 교장으로 일자리를 갖는 것으로 결말을 맺고 있다. 루시는 결혼으로 남자에게 종속되지 않고 평생을 혼자 자기 학교를 운영하면서 살아감으로써 일과 사랑 중에서 일을 택하는 것으로 보인다. 물론 루시는 혼자 살아야 하는 상실감을 그 대가로 치러야 한다. 브론테는 루시에게 사랑과 일 모두를 주고 싶었지만, 이는 환상에 불과하다는 것을 알고 있었는지도 모른다. 하지만 브론테가 여성에게 제한된 현실을 뛰어넘으려는 여주인공의 열망과 현실과의 갈등에서 오는 고통을 생생하게 그렸다는 점은 그녀의 큰 업적이라고 볼 수 있다.

에밀리 브론테의 「워더링 하이츠 *Wuthering Heights*」

우리나라에서는 『폭풍의 언덕』이라고 알려져 있는 이 소설의 원제 '워더링 하이츠'는 소설에 나오는 저택의 이름이다.

wuthering이란 단어는 소설의 배경으로 나오는 영국 북부 지역에서는 '바람이 쌩쌩 부는'이란 의미로 사용되고 있다. 그런 점에서 두 단어를 합쳐 '폭풍의 언덕'으로 번역될 수도 있지만, '워더링 하이츠'는 지역을 나타내는 말임을 우선 밝혀둘 필요가 있겠다.

'워더링'이란 단어는 폭풍이 몰아치는 분위기를 상징적으로 나타내고 있다. 영국 문학사를 통틀어 이 소설만큼 폭풍처럼 휘몰아치는 사랑의 분위기를 연출한 소설은 없다. 이 소설의 주제는 남녀 간의 애절한 사랑이다. 고통과 좌절에도 불구하고 죽음을 넘어설 수 있는 히스클리프와 캐서린의 사랑을 그리고 있다. 그들을 분리하는 삶은 지옥 그 자체이다. 캐서린이 세상을 떠나자 "내 영혼은 너 없이는 살 수 없어!"라는 히스클리프의 광적인 절규와, 히스클리프에 대해 "내가 바로 히스클리프야!" "그는 나보다 더 나 자신이야"라는 캐서린의 고백은 영문학사상 사랑에 관한 가장 깊고 함축적이고 시적인 표현일 것이다. 이 소설은 공포 분위기를 깔고 있는 고딕소설과 바이런 식의 비극적 반항과 같은 낭만주의적 전통을 넘어서서, 그녀 나름대로의 독특한 분위기를 자아내고 있다. 무어 지방의 거친 광야처럼 이 소설은 인간 사회의 전통과 관습을 떨쳐버린 자유의 세계를 묘사하고 있다.

줄거리를 간단히 소개하자면, 워더링 하이츠의 주인 언쇼 씨는 어느 날 고아 소년인 히스클리프를 집으로 데리고 온다. 그의 아들 힌들리는 히스클리프를 미워하며 학대한다. 여동생 캐서린은 히스클리프에게 관심을 보이고 이것은 애정으로 이어진다. 하지만 자영농인 언쇼 가문과 달리 젠트리 계층인 스러쉬크로스 그레인지의 에드거 린튼과 캐서린이 결혼 약속을 하게 되자, 히스클리프는 크게 실망한다. 그는 "히스클리프와 결혼하는 것은 자신의 품위를 낮추는 일이 된다"는 캐서린의 말을 엿듣고 그 집을 떠난다. 경제적 부를 축적한 히스클리프는 자신을 학대한 힌들리와, 캐서린을 자신의 품에서 빼앗아 간 린튼에게 복수하기로 결심한다. 그는 힌들리를 자포자기 상태로 내몰아 도박에 손을 대게 하여 전 재산을 빼앗고, 힌들리의 아들 헤어튼을 하인처럼 부리며 학대한다. 게다가 에드거의 여동생 이사벨라를 유혹하여 결혼함으로써, 에드거와 캐서린을 괴롭힌다. 히스클리프의 등장 이후 이러한 충격적인 사건으로 캐서린은 건강이 악화된다. 히스클리프는 스러쉬크로스 그랜지로 캐서린을 찾아가 사랑을 고백한다. 캐서린은 딸 캐서린 린튼을 낳다가 죽는다. 히스클리프는 그녀가 죽자 자신의 한 맺힌 애정에 절규한다. 그는 그녀의 시신이 담긴 관을 열고 그녀의 얼굴을 보며 희열을 느낀다.

한편 남편의 학대를 견디다 못한 이사벨라는 집을 나가 린튼을 낳고, 아들이 12살이 되던 해 세상을 떠났다. 힌들리도 알콜 중독과 실의에 빠져 죽고, 히스클리프는 린튼가의 재산을 손에 넣기 위해 자신의 아들 린튼과 캐서린의 딸을 강제로 결혼시키지만, 린튼은 곧 병으로 죽고 만다. 에드거 마저 세상을 떠나고, 히스클리프는 복수의 무의미함을 느끼고 죽는다. 린튼과 캐서린의 딸 캐시와 힌들리의 아들 헤어튼은 행복한 가정을 꾸미고, 교육의 기회가 없었던 헤어튼에게 캐시는 공부를 가르치기도 한다. 그들이 서로 이해하고 사랑하는 가운데, 두 집안의 화합이 이루어지면서 이 소설은 끝난다.

비평가들은 이 작품이 당대의 사회적 현실을 반영하고 있다는 사실에 주목하고 있다. 이 소설에 부르주아와 프롤레타리아의 갈등이라는 영국 사회의 모습이 반영되어 있다고 지적하고 있다. 프롤레타리아인 히스클리프의 저항 내지 복수는 타자를 차별하고 학대하는 사회의 제도권에 대한 저항이라고 볼 수 있다. 또한 다른 비평가들은 캐서린(히스클리프의 또 다른 자아)의 분노를 스러쉬크로스의 가부장적 사회의 억압에 대한 저항으로 보고 있다.

참고문헌

김진옥, 「우리의 생각을 말하자: 브론테 자매들과 여성 작가들」 『영국소설사』, 근대영미소설학회, 신아사, 2000, 353~380.

_____, 「제인 에어」, 『영국소설 명상년 모음집』, 근대영미소설학회, 신아사, 2004, 305~321.

정명희, 『제인 에어』, 신아사, 1999.

조애리, 『Charlotte Brontë 연구: 여성론적 논의와 관련하여』, 한신문화사, 1989.

Alexander, Christine and Sellars, Jane, *The Art of the Brontës,* Cambridge: Cambridge University Press, 1995.

Armstrong, Nancy, *Desire and Domestic Fiction: A Political History of the Novel,* New York and Oxford: Oxford University Press, 1987.

Azim, Firdous, *The Colonial Rise of the Novel,* London and New

York: Routledge, 1993.

Barker, Juliet, *The Brontës: A Life in Letters,* New York: The Overlook Press, 2002.

Bentley, Phyllis, *The Brontës,* London: Thames and Hudson, 1997.

Bodenheimer, Rosemarie, Jane Eyre in Search of Her Story, *Papers on Language and Literature,* 16, 1980.

Brontë, Charlotte, *Jane Eyre,* Ed. Margaret Smith, Oxford and New York: Oxford University Press, 1993.

_____, *The Letters of Charlotte Brontë,* Vol. one 1829 ~ 1847, Ed. Margaret Smith, Oxford: Claredon Press, 1995.

Burkhart, Charles, *Charlotte Brontë: A Psychosexual Study of Her Novels,* London: Victor Gollancz, 1973.

Chodorow, Nancy J., *The Reproduction of Mothering: Psychoanalysis and the Sociology of Gender,* Berkeley: University of California Press, 1978.

Dooley, Lucile, Psychoanalysis of Charlotte Brontë As a Type of the Women of Genius, *The American Journal of Psychology,* 31, 1920.

Eagleton, Terry, *Myth of Power: A Marxist Study of the Brontës,* London: Macmillan Press, 1975.

Gaskell, Elizabeth, *The Life of Charlotte Brontë*, London and Vermont: J. M. Dent & Sons Ltd., 1992.

Gates, Barbara Timm, Ed., *Critical Essays on Charlotte Brontë*, Boston: G. K. Hall, 1990.

Gilbert, Sandra M. and Gubar, Susan, *The Madwoman in the Attic*, New Haven: Yale University Press, 1979.

Glen, Heather. Ed., *The Cambridge Companion to the Brontës*, Cambridge: Cambridge University Press, 2002.

Gordon, Felicia, *A Preface to the Brontës*, London: Longman, 1989.

Gordon, Lyndall, *Charlotte Bronte: A Passionate Life*, New York and London: Norton, 1994.

Hirsch, Marianne, Jane's Family Romances, *Borderwork: Feminist Engagements with Comparative Literature*, ed. Margaret R. Higonnet, Ithaca and London: Cornell University Press, 1994.

Homans, Margaret, *Bearing the Word: Language and Female Experience in Nineteenth Century Women's Writing*, Chicago and London: University of Chicago Press, 1986.

Hoeveler, Diane and Lau, Beth. Eds., *Approaches to Teaching Brontë's Jane Eyre*, New York: Modern Language

Association, 1993.

Kim, Jin-Ok, *Charlotte Brontë and Female Desire*, New York: Peterlang, 2003.

Klein, Melanie, *The Selected Melanie Klein,* Ed. Juliet Mitchell, New York: The Free Press, 1986 .

Langford, Thomas, The Three Pictures in Jane Eyre, *Victorian Newsletter*, 31, 1968.

Maynard, John, *Charlotte Brontë and Sexuality,* Cambridge: Cambridge University Press, 1984.

Meyer, Susan, *Imperialism at Home: Race and Victorian Women's Fiction,* Ithaca: Cornell University Press, 1996.

Moglen, Helen, *Charlotte Brontë: the Self Conceived,* Wisconsin: University of Wisconsin Press, 1984.

Nestor, Pauline, *Charlotte Brontë's Jane Eyre,* New York: St. Martin's, 1992.

Poovey, Mary, *Uneven Developments: The Ideological Works of Gender in Mid-Victorian England,* Chicago: University of Chicago Press, 1988.

Rich, Adrienne, Jane Eyre: Temptations of a Motherless Woman, *On Lies, Secrets, and Silence: Selected Prose,* 1966 ~ 1978, New York: Norton, 1979.

Rigby, Elizabeth, Vanity Fair, Jane Eyre and the Governesses Benevolent Institution-Report for 1847 , *Quarterly Review*, 84, 1848.

Showalter, Elaine, *The Female Malady: Women, Madness, and English Culture, 1830~1980*, New York: Pantheon Books, 1985.

Shuttleworth, Sally, *Charlotte Brontë and Victorian Psychology*, Cambridge: Cambridge University Press, 1996.

Spivak, C. Gayatri, Three women's texts and critique of imperialism, *Critical Inquiry*, 12, 1985.

Williams, Carolyn, Closing the Book: The Intertextual End of Jane Eyre, *Victorian Connections*, Ed. Jerome McGann. Charlottesville: University Press of Virginia, 1989.

Wise, T. J. and J. A. Symington, Eds., *The Brontës: Their Lives, Friendships, and Correspondence*, 4 vols. Oxford: Shakespeare Head Press, 1932.

샬럿 브론테 연보

1816년

4월 21일 영국 요크셔 주 손튼에서 영국 국교회 목사인 아버지 패트릭 브론테와 어머니 마리아 브란웰의 셋째 딸로 태어난다.

1817년

남동생 패트릭 브란웰 브론테가 태어난다.

1818년

여동생 에밀리 브론테가 태어난다.

1820년

막내 여동생 앤이 태어난다. 아버지가 하워스 교구목사가 되자 그곳으로 이사한다.

1821년

어머니 마리아가 암으로 사망한다. 아버지는 재혼하지 않고 독신으로 지낸다. 이모 엘리자베스 브란웰이 집안일을 돌보아 준다.

1824년

마리아, 엘리자베스, 샬럿, 에밀리 네 자매는 코완 브리지 기숙학교에 들어간다. 이 학교가 『제인 에어』의 로우드 기숙학교의 모델이 된다.

1825년

언니인 마리아와 엘리자베스가 학교의 열악한 환경에서 얻은 영양실조와 폐결핵으로 5월과 6월에 잇따라 죽는다. 샬럿과 에밀리는 집으로 돌아온다.

1826년

아버지가 남동생 브란웰을 위해 열두 개의 장난감 병정을 사온다. 이 목제 인형으로부터 아이들의 공상의 세계가 열리고, 함께 낭만적인 이야기를 창작하기 시작한다. 이 시기의 이야기는 후에 「앵그리아」와 「곤달」 이야기로 발전한다.

1831년

1월에 샬럿은 미스 울러가 교장으로 있는 로헤드 학교에 입학한다. 이 학교에서 엘렌 너시, 메어리 테일러와 깊은 우정을 나누게 된다.

1835년

샬럿은 교사로, 에밀리는 학생으로 로헤드 기숙학교로 돌아간
다. 그러나 에밀리는 곧 심한 향수병에 걸려 집으로 돌아오고
대신 막내 앤이 입학한다. 같은 해 남동생 브란웰은 런던으로
가서 그림 공부에 뜻을 두었으나 실패하고 귀향한다.

1836년

12월에 크리스마스 휴가차 집에 온 샬럿은 계관시인 로버트
사우디에게 자신의 시를 보내 평을 청했으나 답신은 받지 못
한다.

1837년

3월 초 사우디로부터 답신이 왔으나 기대 밖의 내용으로 샬럿
은 실의에 빠진다.

1838년

샬럿은 건강이 나빠져 로헤드 기숙학교를 그만 두고 집으로
돌아온다.

1839년

샬럿은 친구 엘렌 너시의 오빠 헨리 목사의 청혼을 받지만 거
절한다.

1840년

샬럿은 소설을 쓰기 시작한다. 브란웰은 술과 아편으로 방탕
한 생활을 한다.

1841년

샬럿은 3월에 잠시 화이트 집안의 가정교사로 들어간다. 에밀리와 함께 하워스에서 기숙학교를 열 계획을 세운다.

1842년

학교를 열 계획을 세운 샬럿과 에밀리는 견문을 넓히기 위해 벨기에의 브뤼셀에 있는 에제 기숙학교에 들어간다. 샬럿은 이 학교의 교장 에제에게 끌린다. 이모 엘리자베스가 앓고 있다는 소식을 듣고 그들은 영국으로 돌아온다.

1843년

에제의 초청으로 샬럿은 다시 에제 기숙학교로 간다. 에제를 사랑하지만 그는 그녀의 사랑을 거절한다.

1844년

샬럿은 상심한 끝에 집으로 돌아온다. 에제에게 편지를 보내지만 답장을 받지 못한다. 아버지의 시력이 점점 나빠져 샬럿은 집을 떠날 수 없게 된다.

1845년

후에 샬럿과 결혼하게 되는 아서 벨 니콜스가 아버지의 목사보로 취임한다.

1846년

필명으로 세 자매의 시집 「커러, 엘리스, 액튼 벨의 시집」을 샬럿의 자비로 출판하지만 두 권만이 팔렸을 뿐 반응을 얻지 못한다. 샬럿은 『교수』를, 에밀리는 『워더링 하이츠』를, 앤은 『애그니스 그레이』를 쓴다. 샬럿은 아버지의 눈 수술을 위해 맨체스터로 가는데, 거기서 『제인 에어』를 쓰기 시작한다.

1847년

7월에 『교수』의 출판이 거절당하자, 1846년부터 써왔던 『제인 에어』를 8월에 완성하여, 10월에 커러 벨이라는 필명으로 출판한다. 출판 즉시 호평을 받는다. 12월에 에밀리의 『워더링 하이츠』와 앤의 『애그니스 그레이』도 출간된다.

1848년

샬럿은 앤과 함께 런던을 방문하여 출판사 사장 스미스의 환대를 받는다. 9월에 브란웰이 병이 들어 거의 광적인 상태로 죽고, 12월에는 에밀리마저 죽는다.

1849년

5월에 마지막 남은 동생 앤이 세상을 뜬다. 10월에 샬럿의 『셜리』가 출판된다. 명성을 얻은 샬럿은 런던을 방문하고 윌리엄 새커리와도 교분을 쌓는다.

1850년

1월에 류스(G. H. Lewes)가 『에딘버러 리뷰』지에 『셜리』에 대해 평을 한다. 샬럿은 여성 작가에 대한 그의 편견에 분개한다. 이 무렵 개스켈 부인과 만나게 되며, 그녀와의 교제는 만년의 샬럿에게 가장 중요한 영향을 끼친다.

1852년

11월에 『빌레뜨』를 완성한다. 12월에 아버지의 목사보로 있던 니콜스에게서 열렬한 구혼을 받으나 아버지가 완강하게 반대한다.

1853년

1월에 『빌레뜨』가 출판되어 널리 호평을 받는다.

1854년

니콜스가 다시 청혼한다. 아버지의 반대에도 불구하고 그와 결혼을 결심, 6월 29일 하워스 교회에서 결혼식을 올린다.

1855년

3월 31일 임신한 상태에서 결핵 등 합병증으로 사망한다.

1857년

샬럿의 처녀작 『교수』가 사후에 출판된다. 개스켈 부인의 『샬 럿 브론테의 생애 *The Life of Charlotte Brontë*』가 출판된다.

1861년

아버지 패트릭 브론테가 사망한다.

1913년

7월 29일자 「타임스」지에 에제 씨 앞으로 보낸 샬럿의 편지가 공개된다.

제인 에어 읽·기·의·즐·거·움
여성의 열정, 목소리를 갖다

초판 인쇄 | 2005년 8월 5일
초판 발행 | 2005년 8월 16일

지은이 | 김진옥
펴낸이 | 심만수
펴낸곳 | (주)살림출판사
출판등록 | 1989년 11월 1일 제9-210호

주소 | 110-847 서울시 종로구 평창동 358-1
전화 | 02)379-4925~6
팩스 | 02)379-4724
e-mail | salleem@chol.com
홈페이지 | http://www.sallimbooks.com

ⓒ (주)살림출판사, 2005   ISBN 89-522-0414-X 04800
                          ISBN 89-522-0394-1 04800 (세트)

값 7,900원